B's-LOG BUNKO

薄桜鬼《はくおうき》
壱

矢島さら
Sara Yajima

原作・監修
オトメイト/TVアニメ「薄桜鬼」製作委員会

B's-LOG文庫

目次

第一章 8
第二章 52
第三章 95
第四章 137
第五章 172
第六章 209
あとがき 246

薄桜鬼《はくおうき》 壱

新選組奇譚

薄桜鬼《はくおうき》
新選組奇譚
壱
登場人物紹介
沖《おき》田《た》総《そう》司《じ》
斎藤《さいとう》 一《はじめ》
土方《ひじかた》歳三《としぞう》
雪村《ゆきむら》千鶴《ちづる》

近藤《こんどう》勇《いさみ》
永倉新八《ながくらしんぱち》
原田左之助《はらださのすけ》
山南敬助《さんなんけいすけ》
藤堂平助《とうどうへいすけ》

イラスト／冨士原良

月明かりに照らされたその人は
涼やかな瞳の中に揺るぎない想いを滾《たぎ》らせ
私を強く見つめている

なびく漆黒の髪に、私は息をのんだ

ひらひらと舞う月の光は花びらにも似て……
その人はまるで
狂い咲きの桜のように見えた――

第一章

文久三年　十二月末――。

凍《い》てついた夜の道を蹴《け》るたびに、長旅にくたびれた草履《ぞうり》が軋《きし》んだ。白足袋《たび》に包んだ足の感覚は、とうに失せてしまっている。

先ほどからしつこく追ってくる三人の浪士《ろうし》が次第に距離を詰めてくるのを感じて、雪村千鶴《ゆきむらちづる》は意を決して裏小路に入った。長く続く板塀《いたべい》に沿って、辻灯籠《つじどうろう》がいくつかぼんやりとした明かりを灯《とも》している。おかげで、自分がかなり見通しのいい道を選んでしまったことがわかった。

とにかく一気に駆け抜けるしかない。

左手を小太刀《こだち》にかけているのは、抜くためではなかった。必死に走りながら、無意識に守ろうとしている。

「待ちやがれ、小僧！」

浪士のひとりが背後で叫んだ。最初に言いがかりをつけてきた男かもしれない。千鶴は前方に立てかけられている材木の向こう側――天水桶《てんすいおけ》が作っている暗がりに素早く飛び込むと、身を隠した。

（見つかったら、殺される――！）

息を潜《ひそ》めても上下する肩を鎮《しず》めるように、小太刀の柄《つか》を握りしめる。

「逃げ足の早い小僧だ」

「まだ遠くへは行っちゃいねえ。捜せ！」

抜刀《ばっとう》した浪士たちがゆっくりと近づいてくる。冷たい汗がこめかみに流れたが、千鶴はそれを拭《ぬぐ》うこともせずに、ただ息を殺していた。

「ぎゃあああっ！」

突然、男の悲鳴があたりに響きわたった。

「ひゃはははは！」

（な、なに……⁉）

悲鳴にかぶさるように聞こえた甲高《かんだか》い笑い声に、千鶴は暗がりで目を見開く。

「おい、どうした⁉」

「畜生《ちくしょう》、やりやがったな！」

浪士たちの声に混じって、刃《やいば》を交《まじ》える音がする。千鶴は天水桶の箍《たが》に手をかけたまま、おそるおそる騒ぎの方を覗《のぞ》いてみた。

斬《き》り殺されている浪士の近くで残るふたりが対峙《たいじ》しているのは、浅葱《あさぎ》色の羽織《はおり》をまとったふたりの男たちだった。

（あ、あれは……!?）

ふたり目が倒れる。浪士を倒した男の、べっとりと返り血のついた羽織から目を上にやって、千鶴はぎょっとなった。

夜目にも白い髪、そして爛々《らんらん》と光を放つ目は血のように赤い。男の仲間も同じいでたちだった。

（夜叉《やしゃ》、鬼……ば、化けもの……？）

彼らは千鶴の知っているどんなものとも違うようだった。狂ったように笑いながら、たった今、小路《こうじ》に転がったばかりの浪士の身体《からだ》を何度も何度も執拗《しつよう》に刀で突き刺している。その残忍さに千鶴は凍りついたように動けなくなった。

ひとり残った浪士がもうひとりの白い髪の男へと大刀を繰りだし、抜き胴で斬りつけた。血《ち》飛沫《しぶき》が噴き上がる。が、斬られた男は、

「ひ、ひひひ……」

笑い声をあげながら浪士にじりっと近寄った。普通なら立っていることもできないはずだが、大して苦痛を感じているようにも見えない。

「くそ、なんで死なねぇんだよ！」

「ひゃはははははっ！」

狂気の笑い声をたてながら、男は浪士を斬り捨てる。その断末魔《だんまつま》の声に千鶴が思わず耳を塞《ふさ》いだとき、

（っ!?）

赤い目がじろりと彼女を捕《とら》えた。

「あ……ああ……！」

逃げようとするが、千鶴は恐怖のあまりその場にへたり込んでしまう。鉢金《はちがね》の下の赤い目がまっすぐに近づいてくる。刃についた血糊《ちのり》をぺろりと舐《な》め、笑い声をあげながら上段に構える――。

（もうだめ！）

ぎゅっと目を閉じた千鶴の耳に、肉を断《た》つ鈍《にぶ》い音が聞こえた。わけがわからず顔をあげると、千鶴に襲いかかろうとしていた男の左胸から刃の切っ先が突き出ている。背後から心の臓をひと突きにされたのだ。刀が引き抜かれると同時に白い髪の男は絶命し、ドウッと倒れた。

「あーあ、残念だな……」

と、そのとき、辻《つじ》からひとりの若者が姿を現した。細身で、無造作《むぞうさ》に結った髪がところどころぼさぼさと跳ねている。

「僕ひとりで始末しちゃうつもりだったのに。斎藤《さいとう》君、こんなときに限って仕事が速いよね」

言いながら、彼は千鶴に向かってニッと笑いかけた。

斎藤君、と呼ばれた若者は白い髪の男から引き抜いた刀をひと振りし、鞘《さや》に納める。

漆喰塀《しっくいべい》に血糊が飛んだが、いまさら驚くほどでもない。あたりはすでに血の海だ。

「俺は務めを果たすべく動いたまでだ……」

白い襟巻《えりま》きを巻いた斎藤と細身の若者が、やはり浅葱色の羽織を身にまとっているのを目にした千鶴は、ようやくそれが何を意味しているのかに気づく。

（まさか、この羽織――!?）

そのとき、ゆっくりと雲が流れた。顔を出した月の青白い光に、あたりがきらきらと輝く。逃げるのに必死で気づかなかったが、雪が舞っていたのだ。冷たい汗だと思ったのも、もしかしたら雪だったのかもしれない、と千鶴は思った。

次の瞬間、雪よりも冷たく光るものが音もなくスッと突きつけられる。

「あ……」

刃だった。もうひとり、同じ羽織姿の男がいたのだ。きっとこの男が残りの狂気の男を倒したに違いない。

「いいか、逃げるなよ。背を向ければ、斬る」

「……！」

雪を散らす風が小路を吹き抜ける。

すっくと立つ男の、漆黒《しっこく》の髪が空に舞う。

透けて見える月の光はひらひらと散る桜の花びらにも似て、美しい命の最期《さいご》の瞬間を舞っているかに見える。

強い視線で千鶴を射《い》すくめるその男はまるで――、狂い咲きの桜のようだった。

圧倒的な恐怖のなかで、刻《とき》が動きを止めてしまう。

こちらをじっと見つめている鋭い、だが涼やかな瞳と、吸いつくような冷たい刀身――どちらに命を奪われるのか、一瞬の混乱にくらりとする。

雪が舞う。目をそらせない。

自分でも気づかないうちに千鶴は、こくんと頷《うなず》いていた。

「副長、死体の処理は如何様《いかよう》に？」

「羽織だけ脱がせておけ。後は監察に処理させる」

男が斎藤に応《こた》えた。ふたりとももう、千鶴には目もくれない。

「それより、どうするんです？　この子」

細身の若者が千鶴のほうに顎《あご》をしゃくって問うと、再び男は射すくめるように千鶴を見た。

（……こ、殺される……）

千鶴はわなわなと震える手で必死に小太刀を掴《つか》む。が、わずかな間を置いて、

「屯所《とんしょ》に連れていく」

男は素っ気なく吐き捨てた。

「あれ？　始末しなくていいんですか？　さっきの、見ちゃったんですよ？」

「そいつの処遇は、帰ってから決める」

助かった、と安堵《あんど》すると同時に、緊張の糸が一気に解《ほど》ける。千鶴の意識は途切れ、そのまま前のめりに倒れていく――。

「……運のない奴だ」

冷たく呟《つぶや》く男の言葉はもう耳には入らなかった。


どれくらいたったのだろう。目を開けたとき、千鶴は自分が布団《ふとん》に横たわっていることに気づいた。

「……！」

後ろ手に縛《しば》られ、猿轡《さるぐつわ》まで噛《か》まされている。薄いかけ布団はかぶせられているが、横たわっていたというよりは転がされていたといったほうがいいようだ。

（……ここは？）

身体を捩《よじ》ると、障子《しょうじ》の向こうがじんわり明るんでいるのが見えた。目を細めた千鶴は、ぐるりと部屋を見渡す。

(朝……？　そうだ、私は昨夜……)

決して広いとはいえないが、空き部屋なのか質素な文机《ふづくえ》があるだけで、調度品の類《たぐい》はこれといって見当たらない。畳《たたみ》の上にただ布団が敷かれているだけだ。千鶴はようやく昨夜浪士に追われて逃げたことを思い出しながら、腰に目をやった。

(ない……私の小太刀……！)

「……！」

枕元に、床の間に、素早く目をやるが見当たらない。代々雪村家に伝わるという、父から授《さず》けられた大切なものだった。

(どうしよう……小太刀がない！)

起き上がろうと必死で体を動かしていると、突然、スッと障子が開いた。

「目が覚めたかい？」

恐怖に思わず身をすくめた千鶴の予想に反して、冷気と一緒に部屋に入ってきたのは温和《おんわ》な感じのする中年の男だった。どこか気弱そうに千鶴に笑いかけると、

「すまんなあ。こんな扱いで……。ああ、総司《そうじ》のやつこんなにきつく縛ったのか」

痛かったろう、とため息をつく。

「今、縄を緩《ゆる》めるから少し待っていておくれ」

男は優しい口調で言いながらてきぱきと縄を解《と》き、両手首を前で緩く縛り直した。猿轡をはずされると、千鶴はおずおずと乾いた唇を開いた。

「あ……あの……。ここはどこですか。あなたは一体……？」

「ああ、失礼……私は井上源三郎《いのうえげんざぶろう》。ここは新選組《しんせんぐみ》の屯所だ」

「新選組……？」

思わず「あっ」と声を上げ、井上から飛び退《の》いてしまう。血に染まったあの浅葱色の羽織が脳裏《のうり》に甦《よみがえ》った。

（そうだった、浅葱色の羽織は新選組のしるし……人斬り集団……！）

江戸から京に近づくにつれ、千鶴は何度も〝人斬り集団・新選組〟の噂《うわさ》を耳にした。

彼らはみな浅葱色の羽織をまとい、誰彼かまわず斬り捨てる。京の町では恐れられ、人々にたいそう嫌われているという――。

「そんなに驚かなくてもいい」

井上は、ふっと笑う。

「ちょっと来てくれるかい？」

「え？」

「今朝から幹部連中で、あんたについて話し合ってるんだが……」

「幹部……？」

事情が飲み込めず、千鶴は聞き返した。

「ああ、広間に集まってるから、来ればわかるよ」

井上は、千鶴の緊張を解くように再び笑ってみせる。

「心配しなくても大丈夫さ。ま、ついておいで」

千鶴は不安な気持ちのまま、あわてて立ち上がった。


中庭の木々が重たげに雪帽子をかぶっている。夜のうちに積もったのだろう。厚い雲の間から、薄日が射していた。

井上に案内され、まだ少しふらつく身体で廊下を歩いてきた千鶴は、部屋に入るなりその場にいた男たちの視線をいっせいに浴び、たじろいだ。

男たちは、全部で八人いた。上座《かみざ》に三人、その向かいにふたり。そして部屋の隅で壁にもたれかかるようにしている者たちが三人だ。

(これが幹部の人たち……上座にいるのが偉い人みたい……)と千鶴がひそかに考えていると、

「おはよう。昨日はよく眠れた？」

上座の向かいに座っているひとりが急に声をかけてきた。

羽織は着ていないものの、唇の端を持ち上げる特徴のある笑い方や口調に覚えがある。昨夜あの場にいた男たちのひとりだった。

（この人、昨夜の……）

「あなたは……！」

「眠れたみたいだね。顔に畳《たたみ》の跡がついてるよ」

「えっ……！」

緊張のなか、ふいに告げられた言葉に、頰《ほお》がカッと熱くなる。恥ずかしさに千鶴は、思わず両頰《りょうほほ》に手をやった。

「よせ、総司」

彼の隣に座っている男の白い襟巻きにも見覚えがある。長い前髪で憂《うれ》いを含んだ顔が半分ほど隠れているこの男は、確か「斎藤君」と呼ばれていたはずだ。

「……からかわれているだけだ。跡などついてはいない」

（えっ、からかわれてたんだ……）

斎藤の声を受けて千鶴は手を下ろし、総司と呼ばれた男をそっと見た。井上の話からすると、千鶴を縛ったのもこの男なのだろう。

「酷《ひど》いな、一《はじめ》君。バラさなくてもいいのに」

総司という男が悪びれた様子もなく言うのを、

「てめぇら、無駄口ばっか叩いてんじゃねぇよ」

上座の左端に座っている男がぴしりと遮《さえぎ》った。

(昨夜、副長って呼ばれてた人だ)

千鶴は一瞬、月明かりの下の光景を思い出した。

「で、……そいつが目撃者?」

壁際に足を投げ出していた若者が、上目遣《うわめづか》いに千鶴を見た。斎藤よりやや若い印象を受ける。

「ちっちゃいし、細っこいなあ……。まだガキじゃん、こいつ」

「おまえがガキとか言うなよ、平助《へいすけ》」

「だな。世間様から見りゃ、おまえもこいつも似たようなもんだろうがよ」

平助と呼ばれた若者は、一緒に壁際にいたふたり——ひとりはがっちりした大柄の男で、長い髪を後ろで無造作に縛っている。もうひとりは緑色の鉢巻をし、同じ色の勾玉《まがだま》を紐に通した首飾りをつけていた——に笑われるとムッとし、

「うるさいなあ、おじさんふたりは黙ってなよ」

と、やり返した。

副長たちがきちんと着物を着ているのに対して、この三人はやけに薄着だった。きれいに筋肉ののった腕がむき出しなのはもちろんのこと、胸まではだけている。部屋には小さな火鉢がひとつきりだというのに、少しも寒そうではない。

「なんだと、このお坊《ぼっ》ちゃまが！」

「おまえにおじさん呼ばわりされる覚えはねぇよ。新八《しんぱち》はともかく、この俺はな」

「あっ、てめぇ左之《さの》……。裏切るのか！」

真ん中にいる若者が平助、右隣が新八、左にいるのが左之《さの》というらしい。三人は周りの目もはばからず、わいわいやり始めた。それなのに少しも目は笑っていない。千鶴は彼らから自分に向かって放たれている強い敵意を感じて、俯《うつむ》いてしまう。いたたまれなさにできればこの場から逃げ出してしまいたかった。

そのとき、上座の真ん中の席にいた男が咳払《せきばら》いをした。

「よさんか、三人とも」

無骨《ぶこつ》だが実直そうな男だ。髪を後ろで結い、形のいい額《ひたい》をあらわにしている。よく通る低い声には威圧《いあつ》する力があり、騒いでいた三人ともすぐに口を閉じた。

千鶴が顔を上げると、上座の右端からこちらに向かって微笑《ほほえ》んでいる男と目が合った。眼鏡《めがね》の奥の瞳は理知的で、敵意を感じさせない。

「口さがない者ばかりで申し訳ありません。怖がらないでくださいね」

穏《おだ》やかで、優しげな物言いだ。千鶴は彼の口元にまだ微笑が残っていることを確かめて、ほっとした。

「さあ、局長……」

彼が目で促《うなが》すと、先ほどの男がまた咳払いをし、

「俺は新選組局長の近藤勇《こんどういさみ》だ」

と名乗った。千鶴は縛られた両手を揃《そろ》え、畳の上に静かに正座する。

「こちらの山南《さんなん》君が総長で、その横にいるトシ……いや、土方歳三《ひじかたとしぞう》君が副長を務めていて……それからこっちが一番組の……」

近藤勇はその場にいる幹部たちをひとりずつ紹介し始めた。

「いや、近藤さん。なんで色々教えてやってんだよ、あんたは」

苦い顔で近藤に向き直る土方歳三に、

「……む？　ま、まずいのか？」

近藤は急にもごもごと口ごもる。

「これから詮議《せんぎ》する相手に、紹介は要《い》らないんじゃねぇか？」

「ま、そういうクソ真面目《まじめ》なところが、近藤さんらしいっちゃらしいんだがな」

鉢巻を巻いた永倉《ながくら》新八と、髪を無造作に縛っている原田左之助《はらださのすけ》が顔を見合わせて笑った。近藤は気を取り直すと、

「さて、本題に入ろう。まずは改めて、昨晩の話を聞かせてくれるか」

と、斎藤一に水を向けた。

「昨晩、京市中を巡回中に、隊士たちが不逞《ふてい》浪士らと遭遇。斬り合いになった後《のち》、隊士たちは

浪士らを斬り伏せましたが、その折、彼らが『失敗』した様子を目撃されています」

「わ、私、何も見てません！」

新選組幹部たちの視線を感じて、千鶴は激しく首を振る。

「本当に？」

藤堂《とうどう》平助が疑わしげな目を向けた。

「見てません」

「ふーん……。ならいいんだけどさ」

「あれ？」

黙って聞いていた永倉が、首を傾《かし》げる。

「総司の話では、おまえが隊士どもを助けてくれたって話だったが……」

沖田総司が唇の端で笑った。千鶴はあわてて首を振る。

「ち、違います！　私は、その浪士たちから逃げていて……。そこに新選組の人たちが来て……。だから、私が助けてもらったようなものです」

「じゃ、隊士どもが浪士を斬り殺してるとこはしっかり見ちまったってわけだな？」

「……！」

（いけない！）

千鶴はハッと気づいたが、遅かった。原田が思わず苦笑する。

「おまえ、根が素直なんだろうな。それ自体は悪いことじゃないんだろうが……」

それを受けて、沖田が言った。

「ほら、殺しちゃいましょうよ。口封じするなら、それがいちばんじゃないですか」

「そんな……！」

青くなった千鶴が絶句するのと同時に、

「物騒なことを言うな。お上《かみ》の民を無闇《むやみ》に殺して何《なん》とする」

と、近藤が厳しい口調で沖田をたしなめた。沖田は真顔になると、

「そんな顔しないでくださいよ。今のは、ただの冗談ですから」

と言い訳する。

「……冗談に聞こえる冗談を言え」

斎藤が口を開いたのを最後に、嫌な沈黙が流れた。

（昨晩のことは、やはり見てはいけないものだったんだ……）

千鶴は思わず畳に両手をつこうとしたが、縛られているので自由にならない。

「私、絶対、誰にも何も言いませんから！」

必死で訴える千鶴の、畳の上に拝《おが》むような形に並べられた小さな手をちらりと見、

「もういい。連れて行け」

と、土方はため息交じりに目を伏せた。

副長の命《めい》を受け、間髪を入れずに斎藤が立ち上がる。千鶴は上目遣《うわめづか》いに、

「お願いします。話を聞いて下さい！」

と続けて訴えたが、斎藤に襟首をつかまれ、立ち上がらされてしまう。

「……お願いです！　私、本当に何も……！　あ」

千鶴はしっかりと腕を摑まれたまま、元来た廊下を戻り始めていた。

「あ……っ！」

冷たい畳の上に放り出される強い衝撃。千鶴はやっとのことで斎藤を見上げた。

開け放たれた障子の向こう、彼は廊下に立ってこちらを見下ろしている。逆光の中でその顔は暗く、ひどく冷たく見えた。

「己《おのれ》の為に最悪を想定しておけ。……さして良いようには転ばない」

「……っ！」

思わず息を飲む千鶴にはおかまいなしに、斎藤はぴしゃりと障子を閉めてしまう。千鶴は、部屋のほうへと踵《きびす》を返してゆく影が視界から消えるのを待って、ゆっくりと身体を起こした。

袴《はかま》が邪魔をして少し手間取る。江戸を出るときからはいているとはいえ、やはり男ものは扱いにくい。

（こんなところでぐずぐずしている暇はないのに……）

どうしてこんなことになってしまったのだろう、と千鶴はがらんとした座敷《ざしき》の畳に座って唇

を噛んだ。昨夜、暗がりで浪士たちに絡まれたとき、もっと素早く逃げればよかったのだ。

（ううん。京の夜は物騒だと聞いていたんだから、出歩くべきじゃなかった。宿をとって朝を待てばよかったんだ……）

千鶴は、小さな吐息《といき》を漏《も》らした。

それに応えるように、障子の向こう側がまぶしいほどに明るんだ。厚い雲に隠れていたお日様が顔を出したのだろう。

今すぐ京の町に駆け出して行きたい衝動に、千鶴は焦《じ》れた。


「なに、処分なし？」

永倉がすっとんきょうな声をあげた。原田も、

「いいのかよ、土方さん。あいつ、見たんだろう？　隊士たちの失敗を……」

と、眉《まゆ》を寄せる。斎藤が戻ってから、彼らは部屋で千鶴の処遇について話し合っていた。

みなの視線をいっせいに浴び、土方は再び口を開いた。

「俺たちは、昨晩、士道《しどう》に背いた隊士を粛正《しゆくせい》した。あいつは、その現場に偶然居合わせた……」

「――それだけだ、とおっしゃりたいんですか？」

山南敬助《さんなんけいすけ》が横目で土方をとらえながら、穏やかな口調で訊《たず》ねる。

「実際、あのガキの認識なんざ、その程度のもんだろう」

「まあ、トシがそう言うのであれば……」

やはり処分なしというのは意外だったのか、近藤も語尾を濁《にご》した。

「元より、そのつもりだったのでしょう？　さもなければ、生かしたまま屯所まで連れて来たりはしませんし」

意味ありげな山南の笑みに、土方はふんっと小さく鼻を鳴らす。

山南は真顔になると、

「とは言え、あの秘密は守らなくてはなりません。このまま、無罪放免というわけには……」

と諭《さと》した。

「分かってる。まだ確かめなきゃならねぇこともあるしな」

土方はさっさと立ち上がった。


すぐ近くに寺があるのか、鐘の音が迫って聞こえてくる。

ふと顔をあげた千鶴の脳裏に、

〝己の為に最悪を想定しておけ。……さして良いようには転ばない〟

斎藤の言葉が甦った。

事情はさっぱり飲み込めないけれど、あの白い髪の隊士たちが浪士を斬り殺すのを見てしまったのは、よほどまずいことだったのだ。時間がたてばたつほど、嫌な予感が大きくなる。

(このまま黙って待っていたら、きっと殺されてしまう。あの人たちは私の事情なんかより、新選組の都合を優先するに決まっているもの)

逃げなきゃ、と千鶴は決心した。こんなところでじっとしているのは、殺してくださいと言っているのと同じことだ。小太刀を取り上げられたままなのが気にかかるが、この際そんなことにはかまっていられない。

廊下の気配を窺《うかが》い、そっと廊下へ滑《すべ》り出る。幸い人影はまったくなかった。足音を忍ばせ、ほんの少し壁伝いに進んだとき、

「きゃっ」

背後からいきなり襟首をむんずと掴まれ、千鶴は小さく声をあげた。

「このバカ……。逃げられるとでも思ったのか？」

土方だった。

「は、離してください！」

見張られていたんだ、と千鶴は今さらのように気がついた。考えてみれば当然のことだ。

「逃げれば斬る。……昨夜、俺は確かにそう言ったはずだが？」

「逃げなくても斬るんでしょう？　私、死ぬわけにはいかないんです！」

千鶴は縛られたままの両手を首の後ろに回し、

「私には、まだやらなきゃならないことが……！」

懸命に土方の指をほどこうとした。

「え……？」

急に襟首から手を離され、身体が自由になる。

「命を賭ける程の理由《わけ》があるんなら、洗いざらい話してみろ」

（……土方、さん……？）

日の光が淡《あわ》い影を作っている土方の顔を見上げ、千鶴はおそるおそる頷いた。


「話を聞いてくださるそうで、ありがとうございます――」

居住まいをただした後、千鶴は頭を下げた。先ほどと同じ部屋だ。目の前には再び幹部たちが集められている。

「……半年ほど前の事です。江戸で小さな診療所を開いている蘭方医《らんぽうい》の父が、仕事で上洛《じょうらく》することになって……」

近藤たちがじっと見つめるなか、千鶴はひときわ暑かった夏の一日を思い出していた。

窓辺に揺れる風鈴の音がかき消されるほど、蟬《せみ》が鳴いていた。

患者が途切れた診療所の一室で片づけ物をしていた千鶴に、父親は言いにくそうに切り出したのだった。

「千鶴……実は、な。しばらくの間、京の都《みやこ》へ行くことになった。ひと月になるか、ふた月になるかわからんが」

父は窓辺に立ち、背を向けていたのでその表情までは見えなかった。

「……そう……」

父が仕事で京へ上るのは初めてのことではない。千鶴は、

「気をつけてね、父様《とうさま》……京の都は、治安が悪いって言うもの」

と、無理に微笑んだ。父も振り返り、寂しさを押し隠している愛娘《まなむすめ》に笑顔を見せる。

「安心しなさい。おまえが心配しないように、京にいる間はできる限り便りを出すよ」

千鶴の母は、千鶴が幼いときに病死したと聞かされていた。以来、父ひとり娘ひとりで生活してきたのだ。父はそのせいか、とても細やかに千鶴に気を遣《つか》ってくれる。

「それから……、何か困ったことがあったら、松本良順《まつもとりょうじゅん》先生を訪ねなさい。きっと力になってくれるはずだ」

「はい。でも、大丈夫よ」

いつの間にか蟬しぐれはやみ、父の背後で風鈴が涼やかな音をたてていた――。


「約束どおり毎日のように父から便りが届きました。でも、急に連絡が途絶《とだ》えて……」

千鶴の言葉に、近藤がうんうんと頷いている。

「ひと月待ったのですが、居ても立ってもいられなくなって京まで旅して来たのです。ですが父の行方《ゆくえ》は一向に知れず、頼みの松本先生も今は京にいらっしゃらなくて……途方に暮れていたところをあの浪士たちに襲われた、というわけです」

「そうか、父上を捜しに……。遥々《はるばる》江戸から……大変だったなあ」

話を聞き終わった近藤は、目頭を押さえた。がっちりした風体《ふうてい》に似合わず、涙もろいらしい。

土方が、ふっと息を吐く。

「年端《としは》も行かねぇ小娘が、男に身を窶《やつ》していたのはそういう理由か……」

「うんうん。……なに、小娘？」

「おまえ、……女か？」

ほとんど同時に、近藤と永倉が驚きの表情になる。千鶴はぎこちなく頷くと、

「……申し遅れました。私、雪村千鶴といいます」

と、名乗った。ウソだろ、と藤堂も目を丸くする。

「うぐ……。この近藤勇、一生の不覚！　まさか、君が女子《おなご》だったとは！」

千鶴をまじまじと見つめる近藤を、沖田が笑った。

「どう見ても女の子じゃないですか」

「そうは言っても、……証拠はねえだろ？」

「だったら、いっそ脱がしてみるか？」

永倉と原田のやりとりに、

「許さん！　それは絶対に許さんぞ！」

近藤は顔を真っ赤にして叫んだ。その横から穏やかな口調で話しかけたのは山南だ。

「あなたの父上は江戸で蘭方医をしていると言いましたね。……もしかして、その方とは、雪《ゆき》村綱道《むらこうどう》氏ですか？」

「えっ、父様をご存じなんですか！　確かに雪村綱道は私の父です」

千鶴が驚いて言うと、部屋の空気がさっと緊張した。

「綱道氏の娘さんだと？」

近藤の声色《こわいろ》が変わる。土方の眼光は恐ろしいほど鋭くなった。

「おまえ、どこまで知ってる？」

「どこまでって……？」

「とぼけるな。綱道氏のことだ！」

射るような視線に、千鶴は訳が分からず訊ねた。

「どういう事です？　まさか、父様に何かあったんですか？」

すると、それまで黙っていた斎藤が口を開いた。

「ひと月ほど前、綱道氏が詰めていた屋敷が火事で焼け落ち、それ以来、行方が分からなくなっている」

「付け火でしたが、焼け跡から遺体は見つかっていません。……ただ、何らかの事件に巻き込まれた可能性はあります」

山南が言う。

（事件!?　そんな……！）

綱道は幕府に協力していたらしく、屋敷への付け火も幕府に反発する者たちの仕業《しわざ》かもしれない、とのことだった。

思いもかけない話の成り行きに、千鶴は思わず胸を押さえた。

「父様……」

不安げに呟く千鶴に視線を向け、土方はほんの少しの間考えを巡らせていたが、

「あの蘭方医の娘となりゃあ、殺しちまうわけにもいかねぇよな」

と独り言にしてはやや大きい声で呟いてから、千鶴に向かってこう言った。

「綱道氏の行方は、俺たちも追ってるところだ。……昨夜の件は忘れるって言うんなら、父親が見つかるまでの間、おまえは俺たちが保護してやる」

「え……！」

保護という言葉があまりにも口調とちぐはぐに聞こえて、千鶴は目を見張った。が、近藤もすぐに大きく頷く。

「心配するな。君の父上は、我々が必ず見つけ出してみせる！」

「あ、ありがとうございます！」

その力強い言葉に、囚《とら》われの身であることも忘れて千鶴は感謝の言葉を口にしながら頭を下げた。

「殺されずにすんで良かったね。……とりあえずは、だけど」

すかさず沖田が、自分の立場を忘れるなとばかりに水を差す。

「は、はい……」

「ま、まあ、女の子となりゃあ手厚くもてなさんといかんよな」

急に態度を軟化《なんか》させた永倉を、藤堂は、

「新八っつぁん、女の子に弱いもんなあ……。でも、だからって手のひら返すの早過ぎ」

と、肘《ひじ》で突ついてからかった。いいじゃねえか、と原田も笑う。

「これで屯所が華やかになると思えば、新八に限らず、はしゃぎたくもなるだろ」

軽口《かるくち》を叩き合う三人には慣れっこなのだろう、山南はお構いなしに話題を変える。

「隊士として扱うのもまた問題ですし、彼女の処遇は少し考えなければいけませんね」

土方は、また面倒なことを、とでも言いたげに顔をしかめた。

「誰かの小姓にすりゃいいだろ？　近藤さんとか山南さんとか……」

「やだなあ、土方さん。そういうときは言い出しっぺが責任取らなくちゃ」

ねえ近藤さん、と沖田が同意を求める。

「ああ、トシのそばなら安心だ！」

「そういうことで、土方君」

山南はにっこり笑い、

「彼女のこと、よろしくお願いしますね」

と、話をまとめてしまった。

ギリッと歯噛みした土方に、千鶴は思わず恐怖を覚える。

「……てめぇら……」

（……私、どうなっちゃうんだろう？）

とりあえず、父親が見つかるまで殺される心配はないらしいが、見てはいけないものを見てしまった事実に変わりはない。

父親を捜し出すためにも、見たことは忘れなくてはいけない。

（それにしても……、どうして新選組が父様を捜しているんだろう）

千鶴は不思議に思った。

京の夜は底から冷える。火鉢で手を炙《あぶ》っていると、

「土方さん、入りますよ」

と、沖田が廊下から声をかけてきた。

「おう」

土方の自室に呼ばれた沖田は、斎藤と一緒にやって来たのだった。

「どう思う」

ふたりが腰を下ろすのを待って土方が訊ねると、沖田が応える。

「どうって、あの子のことですか？　素直そうですよね」

そういう話をしてるんじゃねえよ、と土方はあきれてみせ、

「綱道さんの事情を知ってるのは幹部連中だけで、下手に捜し回ることも出来ねえ。そんな時に娘が現れるってのは――」

続く言葉を飲み込んだ。斎藤は、

「副長は、彼女に綱道さん捜しを手伝わせるおつもりですか？」

と訊ねる。

「いずれはな。だが、今はまだ無理だ。あいつの存在が新選組にとって吉《きち》と出るか凶《きょう》と出るか分からねえし、『新撰組《しんせんぐみ》』の秘密を洩らさないとも限らねえからな。……いいか、あいつから片時も目を離すなよ」

「………」

斎藤は土方の鋭い視線に黙って頷くと、立ち上がって部屋を出る。

土方の話を面倒臭そうに聞いていた沖田も、仕方なく腰を上げて斎藤に続いた。

土方はもうふたりに注意を払おうともせず、何ごとか考えている様子で、火鉢で熾《おこ》っている炭をじっと見つめていた。


数日の後、文久四年の年が明けた。

千鶴は与えられた部屋で、ただ漫然《まんぜん》と時を過ごすだけの日々を送っている。

文机に飾られた赤い南天《なんてん》――外に出られないのは退屈だろうと、井上が庭から切ってきてくれた枝だった――から目を上げると、彼女は立ち上がった。

（やっと夕方……）

障子を少し開けると、冷気がどっと流れ込んでくる。

「寒い……！」

ぶるっと身を震わせた拍子《ひょうし》に、腰に提《さ》げた小太刀の柄が肘に当たった。

「……」

千鶴は、小太刀を返してもらったときのことを思い出した。部屋で幹部たちに詮議された、あの日だ。


「おまえの身柄は、新選組預かりとする」

幹部たちを代表する形で、土方が告《つ》げた。

「が、女として屯所に置くわけにゃいかねぇ。だから、おまえには男装を続けてもらう。……面倒だろうが辛抱《しんぼう》してくれ」

「……はい」

神妙に頷く千鶴に、山南が続ける。

「あなたの存在を知られるわけにはいきませんから、私たち幹部の他、隊士たちへも君の事情は話しません」

「じゃあ、私は……」

「何もしなくていい。部屋をひとつやるから引きこもってろ」

うるさそうに顎をしゃくった土方を見て、

「あれ、おかしいなあ」

沖田がとぼけた口調になった。

「この子、誰かさんのお小姓《こしょう》になるんじゃなかったですか？」

「……てめぇは少し黙ってろ」

土方は沖田を睨《にら》みつけてから、井上に連れられて部屋を出て行こうとしている千鶴に、

「待て」

と、小太刀を手渡した。

「これは……！」

ひと目見るなり、千鶴はあわてて受け取る。

「大切なものなんだろう。男子たる者、何も提《さ》げずうろつくわけにはいかねぇからな」

男装を続けさせることを、その実気にかけているような言い回しだった。

「ありがとうございます！」

土方の気遣いがうれしくて、千鶴は雪村家に伝わる大切な小太刀を胸に抱いた。

「ひとりきりなのは慣れてたつもりだけど、『何もしない』っていうのは手持ち無沙汰《ぶさた》かも……」

ふうっ、と千鶴はため息を吐きながら、廊下に顔を出した。

「それにしても、もう七日……。もしかして、このままずっと幽閉《ゆうへい》されてしまうんじゃ？」

「それは君の心掛け次第なんじゃないかな」

「っ⁉」

ぎょっとして、千鶴は振り向いた。沖田がにやにやしながらこちらを見下ろしている。

「ど、どど、どうして沖田さんが⁉」

「あれ、もしかして気づいてなかったとか？　この時刻は、僕が君の監視役なんだけどな」

（そういえば私、監視されてるんだった……）

千鶴は、いつ障子の隙間《すきま》から覗いてみても、部屋の外には沖田か斎藤の姿があることを思い出した。

「あ、じゃあ……もしかして、いまの私の独り言も全部……？」

「ん？」

沖田の明るい笑顔に、千鶴は頬を赤らめる。

（どうしよう！　聞かれてた！　これ、もう絶対聞かれてた！）

「総司。無駄話はそれくらいにしておけ」

その声に、千鶴は再び飛び上がりそうになる。膳《ぜん》を捧げ持った斎藤が、少し離れたところに立っていた。

「さ、斎藤さんも聞いてたんですかっ⁉」

千鶴は思わず大きな声で聞いてしまう。

「……つい先程、来たばかりだが」

「ああ、よかった……！　あ、その、すいません。いきなり叫んでしまって」

しどろもどろになっている千鶴に、斎藤はにこりともせずに言う。

「気にするな……そもそも今の独り言は、聞かれて困るような内容でもないだろう」

（や、やっぱり聞かれてたの……⁉　うう、恥ずかしいっ！）

「夕餉《ゆうげ》の支度が出来たんだが……邪魔をしただろうか？」

斎藤に首を傾げられ、

「いえ、邪魔とかじゃないです！」

千鶴はあわててひらひらと手を振ってみせた。彼は、

「あんたと総司の話にひと区切りがついたら声をかけるつもりだったんだが、放っておくと飯が冷えてしまいそうだったからな」

と、どうやら膳の料理を気にしているようだった。

そのとき、どたどたと足音をたてて廊下の曲がり角から藤堂が姿を現した。

「あのさ、飯の時刻なんだけど……」

いつまで待たせんだよ、と口を尖《とが》らせている。

「俺には仕事がある。先に食べていい」

斎藤は事も無げに言った。彼と沖田は、千鶴の食事中も彼女を監視することをやめない。

「片時も目を離すなって、土方さんの命令だからね」

皮肉っぽく沖田に言われて、千鶴は申し訳なさそうに身を縮めるしかなかった。

「だったら、こいつもオレらと一緒に食わせればいいんじゃねえの？」

藤堂が千鶴に視線を向けながら提案する。

「部屋から出すなとの命令だ」

「いいじゃん、土方さんは大坂《おおざか》に出張中なんだし！」

「そうだね。僕もこの子が食べるのを見ているだけなんて退屈だし」

沖田は渋い顔の斎藤から膳を取り上げると、さっさと藤堂に持たせてしまった。

「えっ。なんでオレに渡すんだよ！」

「言い出しっぺは君だからね。さ、行くよ」

沖田は楽しそうに先に立つと、広間に向かって歩き出した。

幹部たちは、全員揃って箸《はし》を取る決まりになっているらしかった。見回すと、近藤、土方、山南の他に、井上の姿がない。任務があるときはこんなものなのだろう。

「やっと来たか！」

「おめえら遅えんだよ。この俺の腹の高鳴り、どうしてくれるんだ？」

おあずけを喰らっていた原田と永倉が、不機嫌極まりない声を上げる。

「すいません、私のせいで……」

沖田の背後から千鶴がおずおずと顔を覗かせると、ふたりは一瞬ぽかんとした。

「なんで、そいつが居るんだ？」

「なんだよ、居ちゃ悪い？」

膳を運んできた藤堂が、永倉を睨む。原田はすぐにいきさつを飲み込んだらしく、

「いや、んなこたあねえよ。飯はみんなで食ったほうが美味《うま》いに決まってるしな」

と自分の隣をひとり分空け、板敷きの床に薄い座布団を置くと千鶴を手招いた。

「そんなところに突っ立ってねえで、ここにでも座れ」

「す、すいません」

「はいよ」

藤堂が手際よく膳を置いてやる。

「ありがとうございます、藤堂さん」

「あー、その『藤堂さん』ってやめない？　みんな『平助』って呼ぶから、それでいいよ」

ぽりぽりと頬を掻《か》いてみせる藤堂に、

「で、でも……」

千鶴は困って幹部たちを見回した。

「歳も近いから、そのほうがしっくりくるし。オレも『千鶴』って呼ぶから」

「えっと……じゃあ、平助君で」

重ねて藤堂に言われ、千鶴が少し恥ずかしそうに応えると、彼はやっと満足そうな表情になった。

「そそ、それでいいよ。んじゃ千鶴、今日から改めてよろしくな！」

「はい」

千鶴が頷くと、男たちはそれが合図のように箸を取った。

「しかし、今日も相変わらずせこい夕飯だなぁ」

永倉がため息をつく。

てんこ盛りの飯に、焦《こ》げた鰯《いわし》と青菜のお浸《ひた》し。それにいい加減冷えてしまった味噌汁だけという質素な献立《こんだて》だ。

「というわけで……隣の晩ご飯、突撃だ！　弱肉強食の時代、俺様がいただくぜ！」

「ちょっと、新八っつぁん！　なんでオレのおかずばっか狙うのかなあ！」

永倉に鰯を盗られた藤堂が、膳の上に伏せるように自分の食事を守りながら文句を言う。

「ふははは！　それは身体の大きさだぁ！　大きい奴にはそれなりに食う量が必要なんだよ」

カラカラと笑う隙を突き、

「じゃあ、育ち盛りのオレはもっともっと食わないとねー」

と、今度は藤堂が永倉のご飯に箸を突っ込む。

「ああっ、何すんだてめぇ！」

「へへへっ。もう食っちゃったもんねえだ。うわっ!?　返せ、オレのお浸しっ！」

ごっくん、と青菜を飲み込む永倉に、藤堂が喚《わめ》いた。

（……あ……なにこれ……）

右隣で始まった騒ぎに千鶴が呆然《ぼうぜん》としていると、

「毎回毎回、こんななんだ。騒がしくて、すまないな」

左隣から原田が太い首をすくめて謝った。

「い、いえ。……それより、沖田さんはもういいんですか？」

千鶴の正面に座っている沖田は、早々に箸を置き、手酌《てじゃく》で酒を飲んでいる。

「うん、あんまり腹一杯に食べると馬鹿《ばか》になるしね」

「ならばこのおかず、俺がいただく」

いつも冷静な斎藤が、素早く隣の沖田の膳に箸を伸ばした。

「おいおい馬鹿とは聞き捨て……だが、その飯はいただく！」

一瞬遅れて永倉も沖田の正面まで歩み寄ると、残った白飯をさっと自分の茶碗に移してしまった。

「どうぞ。僕はお酒をチビチビしてればいいし……。千鶴ちゃんは、ただ飯とか気にしないで、お腹いっぱい食べるんだよ」

酔った風でもなく、沖田は相変わらずの嫌味《いやみ》を口にする。

「……わ、わかってます。少しは気にします！」

「気にしたら負けだ。自分の飯は自分で守れ」

もぐもぐと鰯を噛みながら、斎藤が生真面目に諭《さと》した。

「は、はい！」

思わず膳を守ろうと引き寄せた自分がおかしくて、千鶴はくすっと笑みをこぼす。

（なんだか……。みんなでわいわい騒ぎながら食べるのって楽しい）

「やっと笑ったな」

「え？」

原田は、先ほどから千鶴の様子を見ていたらしかった。

「最初からそうやって笑ってろ。俺らも、おまえを悪いようにはしないさ」

「原田さん……」

その気持ちがうれしくて、千鶴は微笑んだ。

（私、そんなに暗い顔をしていたのかな……。みなさんに気を遣わせてしまうほど……）

だとしたら申し訳なかったな、と思う。

（私は新選組の人たちを、少し誤解していたのかもしれない……）

人斬り集団の名前通りみんな恐くて、隙を見せたら殺されると決めつけていたけれど、こうやって一時《いっとき》でも仲間に入れてもらうと藤堂の人懐っこさや原田の優しさが身に染みる。七日ほどたった今、新選組と自分の関係が少し変わってきたのかもしれないと千鶴はほんの少し安堵《あんど》した。

ようやく食事も終わりかけたとき、廊下に足音がした。襖《ふすま》が開く。

「ちょっといいかい、みんな」

井上だった。いつもの温和な表情が、翳《かげ》っている。

「大坂にいる土方さんから報《しら》せが届いたんだが、山南さんが隊務中に深手を負ったらしい」

「えっ！」

その場にいる誰もが声を上げた。

「呉服商《ごふくしょう》へ押し入った浪士と斬り合いになった折、怪我《けが》をしてしまったようだ」

井上は土方から届いた文に目を落とすと、重い口調で事のあらましを告げた。

「深手って、どれぐらいだ!?」

永倉が急《せ》き込んで訊ねる。

「詳しいことは分からないが、斬られたのは左腕とのことだ。命に別状はないらしい」

「良かった……！」

「良くねえよ」

思わず漏らした千鶴の言葉に、藤堂が反応した。

「え……どうして？」

千鶴は、皆の沈んだ様子に思わず訊ねていた。

「刀は片腕で容易《ようい》に扱えるものではない。最悪、山南さんは二度と真剣を振るえまい」

斎藤の口調は淡々としているが、武士として剣を握れなくなることの辛《つら》さは千鶴にも伝わってきた。

「あ……」

千鶴は口元を押さえる。命に別状はないと聞いて、簡単に喜んでしまった浅はかさが恥ずかしい。

「山南さんたち、数日中には屯所へ帰り着くんじゃないかな。……それじゃ私は近藤さんと話があるから」

　せわしなく、井上は廊下を去って行った。

　しばらくの沈黙のあと、沖田が口を開いた。

「こうなったら……薬でもなんでも使ってもらうしかないですね。山南さんも、納得してくれるんじゃないかなあ」

　総司、と永倉が鋭く制する。

「滅多《めった》な事を言うもんじゃねえ。幹部が『新撰組』入りしてどうすんだよ」

「え？　山南さんは、新選組の総長じゃないんですか？」

　千鶴がきょとんとすると、藤堂は膳の上の湯呑《ゆの》みに指を突っ込み、

「違う違う。新選組ってのは『新しく選ぶ組』って書くだろ。俺たちが言ってる『新撰組』ってのは、せんの字を手偏《てへん》にして……」

　濡れた指で床に文字を書いてゆく。

「平助！」

　千鶴の横で原田の拳《こぶし》が動いた。と、次の瞬間、藤堂は広間の隅まで吹っ飛んでいた。床には、ひっくり返った膳の上の茶碗や皿が散乱している。

「痛《い》ってえ……！」

「平助君、大丈夫？」

思わず息を飲み、千鶴は膝立《ひざだ》ちになる。訳がわからなかった。

「やりすぎだぞ、左之。平助もこいつのこと考えてやってくれ！」

千鶴に向かって永倉が顎をしゃくる。

（え？　私？）

千鶴はますます混乱した。

「……悪かったな」

原田は、藤堂の腕を掴むと起こしてやる。

「いや、今のはオレも悪かったけど……。ったく、左之さんはすぐ手が出るんだからなあ」

ふたりの様子を横目に捉《とら》えながら、永倉は厳しい表情で千鶴に向き直った。

「千鶴ちゃんよ。今の話は、君に聞かせられるぎりぎりのところだ。これ以上のことは教えられねえ。気になるだろうけど、何も聞かないでほしい」

「でも……」

いったいどういうことなのだろう。すっきりしない顔の千鶴に、沖田が目を伏せたまま告げた。

「平助の言う『新撰組』っていうのは、可哀想《かわいそう》な子たちのことだよ」

「え……」

暗い瞳をした沖田の声が冷たく響き、千鶴は思わず言葉を失う。

「おまえは何も気にしなくていいんだって。だから、そんな顔すんなよ」

取り成すように言う永倉の言葉が、余計に千鶴の心を沈ませた。

そこへ、斎藤が言葉を重ねる。

「忘れろ。深く踏み込めば、おまえの生き死ににも関わりかねん」

「！」

千鶴はそれ以上何も言えなくなって、袴の上に置いた拳に目を落とす。

（『しんせんぐみ』には二つの意味がある……。ひとつは私の知っている『新選組』……そして『新撰組』。訳が分からないけど、平助君が殴られたくらいだからきっと大変な秘密があるんだろう……）

確かなのは、千鶴がその言葉に隠された秘密を知ったところで、喜ぶ者はここにはいないということだった。そして、その秘密を知れば、今度こそ本当に殺される……。

屯所に連れてこられて七日ほど、ほんの少し隊士たちとうちとけられたと思ったのは間違いだったようだ。

結局——、あの夜から何も変わってはいない。

自分の運命はこの新選組の手に委《ゆだ》ねられたままなのだ、と千鶴はぎゅっと拳を握りしめた。

第二章

数日は何ごともなく過ぎていった。

山南《さんなん》の負傷については誰も口にしなかったが、近藤《こんどう》をはじめ、皆が心配しているのは千鶴《ちづる》にもよくわかった。二度と真剣を振るえないかもしれない——その事実が深刻だからこそ、軽々しく言葉にできないのだろう。

廊下にふたり分の足音が聞こえたのは、その日、みなが食事をとっている広間で、いつものように永倉《ながくら》と藤堂《とうどう》が派手《はで》に昼食のおかずをとりあっている最中だった。

静かに板戸が開く。

（あ、土方《ひじかた》さん……！）

千鶴は思わず箸《はし》を置いた。旅装束《たびしょうぞく》も解《と》かぬままの土方が黙《だま》って入ってくる。が、彼の後《あと》から姿を現した山南の姿に、隊士たちはみなハッとした。

浅葱《あさぎ》色の羽織《はおり》で隠すようにはしているが、白い布で吊《つ》っている左手が痛々しい。何より顔色が冴《さ》えなかった。

「只今《ただいま》戻りました」

山南の声に、箸を置いた斎藤《さいとう》が居住まいを正し、

「総長、副長、お疲れ様でした」

と折り目正しく挨拶《あいさつ》するが、沖田《おきた》は土方たちをちらりと見ただけで、

「あ、おかえりなさい」

食事の手を止めることはしない。上座《かみざ》に座っている近藤が、

「御苦労だった。腕の傷はどうだ？」

と、労《ねぎら》いもそこそこに山南に訊《たず》ねた。

「ご覧の通りです。不覚をとりました」

山南はいつもの穏《おだ》やかな口調で応《こた》え、それから自分に注がれている視線を気にしてか、笑顔を作る。

「大丈夫ですよ。見た目ほど大袈裟《おおげさ》な怪我《けが》ではありませんので、ご心配なく」

「山南さん、飯は？」

結構です、と山南は藤堂に言い、

「少し疲れたので、部屋で休ませてもらいます」

誰にともなく告《つ》げると広間を出てゆく。

重苦しい空気が広間を包む。

「――で、土方さん。本当のところ、山南さんの怪我の具合はどうなんですか？」

廊下から山南の足音が消えるのを待って、沖田が口を開く。気のないそぶりをしていたが、その実心配していたのだろう。

「……まだ、何とも言えん」

近藤の横に座ろうと歩きかけた土方が、そのとき千鶴に気がついた。

「……何をしている？」

「え……？」

千鶴がびくっと肩を震《ふる》わせる。

「誰が『部屋を出て、広間で食事をしていい』と言った？」

焦《あせ》った藤堂が近藤に視線を向けた。

「ああいや、トシ。それは俺が――」

「いえ、私が――」

井上《いのうえ》が胸に手を当て、身を乗り出す。

「俺が言ったんだよ」

「俺が言ったんだ」

永倉と原田《はらだ》がほとんど同時に言うのを聞いて、藤堂は観念《かんねん》したように、

「オレが誘ったんだ！　一緒に食べようって」

半《なか》ば自棄《やけ》のように怒鳴《どな》った。

「勝手な事を……」

土方は藤堂をぐっと睨《にら》みつけ、苦々しい顔で呟《つぶや》く。

「いーじゃん、飯くらい！　千鶴は逃げないって約束してるし、この半月、本当に逃げようとしなかったんだから」

「たかが半月だ」

言い返した藤堂に、土方の言葉は冷たかった。

「そんなに心配なら、土方さんがつきっきりで監視したらいいじゃないですか」

沖田は薄笑いを浮かべながら、すました顔で味噌汁をすする。

（どうしよう。私のせいで変な雰囲気――）

千鶴はいたたまれなくなって腰を浮かしかけた。近藤は咳払《せきばら》いをひとつすると、

「トシ、どうだ。食事ぐらいは、ここでとるのを許可してやっては」

と、土方を見上げる。

「近藤さん。あんたがそんなに甘くちゃ、この先、隊の統率が乱れるぜ」

「ん……」

近藤は「まったくトシにはかなわんなぁ」とでもいう顔で、しきりに頭を掻《か》いてみせた。

「……あ、あの、私やっぱり自分の部屋で――」

千鶴が膳《ぜん》を持ち上げかけたときだった。

「食事だけだぞ」

「え……？」

驚いて顔を上げると、土方は千鶴の視線を避《さ》けるように、どっかりと自分の席に腰を下ろした。

「……俺の飯も頼む」

「ああ、今、膳の用意をするよ」

井上が、勝手場から土方の膳を運ぶためにきびきびと動き出す。

（土方さん……）

千鶴は膳を元通りに据《す》えると、仏頂面《ぶっちょうづら》の土方に向かってぺこりとお辞儀《じぎ》をした。

「やったじゃん、千鶴！」

隣にいた藤堂がポンと肩を叩《たた》く。

「これからも、みんなと一緒に飯が食えるな」

「はい」

その様子に、こっそりと目を合わせた永倉と原田は、小さく笑いあった。

行灯《あんどん》の明かりが揺れるたび、壁一面に置かれている箪笥《たんす》の木目がうっすらと浮かび上がる。

大坂《おおざか》に行っている間に、誰かが気をきかせて油皿《あぶらざら》を満たしたのだろうか。灯芯《とうしん》がジジジ……、と音をたてた。

山南は自室の机の前に座り、白布に包まれている左手をじっと見下ろしていた。指を動かそうとすると、激痛が走る。

「く……っ」

これでは鯉口《こいくち》を切ることすら難しいだろう。刀が満足に使えないようでは、新選組《しんせんぐみ》の平隊士としての価値もない――。

眉間《みけん》に深い皺《しわ》を寄せると、脳裏《のうり》に浮かんだ思いを遠ざけるように、山南は行灯の灯袋を上げ、その火を吹き消した。


翌日になっても、食事の場に山南は姿を現さなかった。

千鶴は山南の具合が悪いのではないかと気になったが、口に出せる雰囲気ではなかった。皆それぞれに心配しているのだろう。土方も押し黙ったままだ。

ようやく山南の姿を見かけたのはそれから何日も後のことだった。

手洗い場からの帰り、千鶴はひとりで廊下を戻るところだった。食事の際に耳にする幹部たちの話から、ときおり監視がいなくなるのは〝巡察〟のためなのだとだんだんわかってきていた。

隊士たちが、稽古《けいこ》に使っている壬生寺《みぶでら》の方角から、素振りをするかけ声が小さく響いてくる。と、千鶴の部屋のずっと先——廊下の曲がり角に、左腕を吊った山南の半身が見えた。

彼は千鶴には気づかず、柱の陰から一心に隊士たちのかけ声がする方を見つめている。

(山南さん……)

寂しげな山南の表情を見て胸が痛んだ千鶴は、足早に自分の部屋に戻った。


深夜。

うとうとしていた千鶴は中庭に人の気配を感じて、ハッと起き上がった。

ビュッ、ビュッと音がする。

組子《くみこ》障子を細く開けて覗《のぞ》いてみると、月明かりの下、誰かが素振りをしている背が見えた。

山南だ。

どこか均整がとれないように感じられるのは、右腕だけで刀を操っているせいではないように思える。激しい苛立《いらだ》ちがそうさせているのだろう。

（そういえば山南さん、今夜も食事に出て来なかったなあ……。初めて会ったときはあんなに優しそうだったのに……なんだか違う人みたい）

昼間のことといい、見てはいけないものを目にしてしまった気がして、千鶴は音をたてないように障子を閉めた。

「おはようございます」

勝手場を覗くと、沖田と斎藤の後ろ姿があった。

「おはよう、千鶴ちゃん」

トントンといい音をたてて漬物《つけもの》を切っていた沖田が、振り返りざま笑う。斎藤は湯気の立つ鍋をかき回しているところだった。

「沖田さんや斎藤さんが、食事の支度《したく》をしてるんですか？」

幹部自らが包丁を握っていることが、千鶴には意外だった。

「別に俺たちだけではない。食事の支度は、持ち回りだ」

味噌を手にした斎藤が言ったとき、

「よ！　千鶴」

藤堂がやって来た。

「山南さん、今朝も自分の部屋で食べるってさ」

彼は山南の部屋に行って来たらしい。

「食べるって言ったって、毎日ほとんど箸をつけてないけどね」

「そうなんですか？」

漬物を膳に並べる沖田に、千鶴は言った。

「食べるもの食べなきゃ、傷だって良くならねーよな」

藤堂は沖田の目を盗み、まな板に残っていた漬物をひと切れ、口に放り込んだ。

「あの……」

千鶴が言いかけたとき、

「広間で食事をとるのは許したが、勝手場に入ることまで許した覚えはねえぞ」

背後から声がした。

（ひ、土方さん！）

「お、おはようございます。あの、何かお手伝い出来ればと思って……」

「余計な気を回さなくてもいい」

踵《きびす》を返した土方の背中に、千鶴は思い切って言った。

「あの……山南さんのお食事、私にお世話させてもらえないでしょうか？」

「おまえが？」

土方が振り返る。沖田たちもちょっと目を見張って千鶴を見た。

「はい。父様《とうさま》の傍《そば》で怪我人の看病もしていましたし……」

「やめておけ。下手な気遣《きづか》いは却《かえ》って山南さんを意固地にさせるだけだ」

「……」

昨夜の山南の姿を思い浮かべ、千鶴は俯《うつむ》いた。と、沖田が言う。

「この子に任せてみても、いいんじゃないですか？　どうせ、ろくに食べてくれないんだし」

「そうだよ！　このままじゃ山南さん、ぶっ倒れちまうって」

藤堂が加勢すると、

「わかった、わかった。おまえらの勝手にしろ」

土方はとたんに面倒くさそうな口調になり、そのまま勝手場から出て行ってしまった。

「土方さん、山南さんのことが心配じゃないんでしょうか？」

思わず千鶴が眉《まゆ》をひそめると、斎藤が首を振る。

「逆だ」

「え？」

「むしろ、誰よりも気にかけているはずだ。自分が一緒にいながら山南さんに怪我を負わせてしまったこと、……悔《く》やまぬわけはあるまい」

「……」

（そうか……そうだよね。土方さんはきっと自分が許せないんだ……）

私は私に出来ることをしよう、と千鶴は思う。気を取り直して顔を上げると、

「野菜を見せてもらっていいですか？」

と、斎藤たちに訊ねた。


失礼します、と声をかけ、千鶴は山南の部屋の障子を開けた。

「お食事を持ってきました」

山南は正面の机に向かっている。部屋の右手には引き出しの多い箪笥、机の左側の棚には書物や壺《つぼ》が置かれていた。博識だという山南さんらしい部屋だなと思いながら、千鶴は膳を畳《たたみ》の上にそっと下ろした。

「ありがとうございます」

振り向いた山南は、

「珍しいですね。雪村《ゆきむら》君が持ってくるなんて」

と、穏やかな笑みを見せながら、膳に目を向ける。

「……！」

一瞬で山南の表情から笑みが消えたことに、千鶴は気づかなかった。

「お味噌汁の具は、細かく刻んだり、擦《す》ってあります。ですから、お箸を使わずに、お椀から直接飲んでみてください」

形のいい小ぶりな握り飯の横に置かれた椀ものを示しながら、千鶴は説明した。父の診療所で行っていた、怪我人のための食事の指導を思い出しながら作ったものだ。

「これは、同情ですか？」

「え……？」

何を言われたのかわからず、千鶴は山南の顔を覗き込んだ。眼鏡《めがね》の奥の怒りとも苛立ちともつかない瞳の色に、ハッとなる。

「左手を使えない私が、無様《ぶざま》にこぼしながら食べなくて済むように、ですか？」

「いえ、そんな……」

「だとすれば、無用な気遣いです」

「……」

思いがけない物言いに千鶴が言葉をなくしていると、

「誰の指図です？　土方君ですか？　それとも藤堂君が？」

山南がさらに鋭く訊ねた。

「……いえ、私からお願いしたんです」

「君が？」

「はい。山南さんがあまり食事を召し上がっていないと聞いて、私にも何か出来ればと思い……」

千鶴は自分のしたことに次第に自信をなくし、目を伏せた。

「なるほど……。いかにも私のためを思ってのように聞こえますが――」

山南は千鶴に背を向け、ふっと息を漏《も》らした。

「結局、あなたが自分の居場所を作りたいだけなのではありませんか？」

「!!」

心の底にある不安な気持ちを言い当てられた気がして、千鶴はドキリとした。

「この新選組の中で、自分の存在意義を見出《みいだ》そうとしているだけなのでは？」

（そんな……でも……私は……）

「そう……かも、しれません」

小さな声で、千鶴は認めた。山南のことを利用するつもりはなくても、何か役に立ちたいという気持ちがあったのは確かだった。その心が、あるいは山南の気持ちを傷つけてしまったのかもしれない。

「出過ぎた真似《まね》をして……すみませんでした」

謝る千鶴に、山南は応えない。

「……でも、少しでもいいから食べてください。……みなさん、本当に山南さんのことを心配してるんです」

「……」

「……失礼します」

千鶴は一礼し、うなだれたまま部屋を出て行った。

閉められた障子に向かって、山南はため息をつく。

（少し言い過ぎましたか）

椀の蓋《ふた》を取ると、味噌のいい香りがふわりと漂った。細かく刻まれた青菜や人参《にんじん》が彩《いろど》りよく踊っている。

「……大人げなかった、ですね」

自分に言い聞かせると、彼はそっと蓋を元に戻した。

広間では幹部たちの朝餉《あさげ》が始まっていた。

永倉の皿からせしめた小魚を頬張《ほおば》っていた藤堂は、いつまでたっても千鶴が箸をつけないのを見て、

「千鶴、元気出せって！　昼はまた、オレが持ってくからさ」

と励《はげ》ました。

「……うん。ありがとう」

「そうだぞ、雪村君。案外今ごろ山南さんもぺろりと平らげているかもしれんしな」

わっはははは、と近藤も笑う。

「近藤さん」

とたんに土方に睨まれ、近藤はあわてて首をすくめた。

（ああ、近藤さんにまで気を遣わせちゃってる……）

千鶴が肩を落としたときだった。板戸が開いた。

（さ、山南さん……っ⁉）

右手で膳を持った山南が、静かに入ってきた。千鶴は、近藤が言ったように本当に空《から》の膳を下げに来たのかと期待したが、見ればまったく手がつけられていない。

「……」

千鶴の落胆ぶりに目もくれず自分の席に座ると、山南は握り飯をひとつ、口へ運んだ。

「あー」

　つられて藤堂も口を開いてしまう。

「……山南、さん」

　感激した千鶴は頬を熱くした。山南はご飯を飲み下すと、

「食事は、大勢でした方がいいそうですから……」

　と、微笑む。近藤があわてて大きく頷《うなず》いた。

「もちろんだとも！」

「ああ！　そうだよな、千鶴」

　自分のご飯の相当量が永倉の茶碗に移ったことにも気づかず、藤堂もうれしそうに笑いかけた。

「はい。では、私もいただきます」

　ようやく箸をとった千鶴に、幹部たちも食事の続きを始める。

　土方は、山南と千鶴が控えめに微笑み交わすのを見逃さなかった。

（……一体、どんな手を使いやがったんだ？）

　あれほど頑《かたく》なになっていた山南の気持ちを解《ほど》いたのだ。

　千鶴という娘を、土方は不思議に思った。

五月末ともなれば水仕事は少しも苦ではなく、かえって心地《ここち》よい。

中庭の井戸近くで、千鶴は昼餉《ひるげ》の洗い物に勤《いそ》しんでいた。山南の食事の世話を許されてから勝手場を出入りするようになり、最近では監視つきではあるけれど、こうした洗い物や洗濯など簡単な雑用も任せてもらえるようになった。

きれいに洗いあげた食器は、布巾《ふきん》を持った斎藤が拭《ふ》いてくれる。沖田は少しだるそうに、縁《えん》側《がわ》の柱にもたれかかっていた。

「あ……」

先ほどから、茶碗を渡すたびに口を開きかけてはつぐんでしまう千鶴に、

「何か言いたいことでもあるのか？」

と、最後の茶碗を拭き終わった斎藤が訊ねた。

「あ……はい。父様を捜しに行きたいんですけど……、いつになったら外へ出られるのかな？と思って」

新選組の預かりとなってから、もう何か月も心に秘めてきた思いだ。寒いころはともかく、日の入りが遅くなってからは無為《むい》に過ごす時間が余計に長く感じられた。

「今は体調を崩している者が多く、あんたの護衛に割《さ》けるほど、人員の余裕がない」

「そう、ですか……」

しょんぼりと洗い桶《おけ》に手を浸《ひた》す千鶴に、

「僕たちが巡察に出かける時に、同行してもらうっていう手もあるけどね」

沖田が背後から意外なことを言い出した。千鶴は驚きながらも、

「本当ですか？　でしたら、ぜひ同行させてもらえませんか？」

と頼みこんだ。

「でも、巡察って命懸けなんだよ？　下手を打てば、死ぬ隊士だってでる。最低限、自分の身くらいは自分で守れるようじゃないとね」

千鶴は沖田の意地悪な物言いに悔しさを覚え、咄嗟《とっさ》に口を開く。

「わ、私だって護身術《ごしんじゅつ》くらいなら心得ています……。小太刀《こだち》の道場にも通っていましたし……」

そう言ってはみたものの、人が死ぬかもしれないと聞いて正直怖かった。人と人とが斬《き》り合い、死ぬ姿なんてもう見たくない。千鶴は瞬く間に勢いを失くし、俯いてしまう。

斎藤はそんな千鶴の姿を見て、

「ならば、俺が試してやろう」

と言うと、にこりともせずシュッと襷《たすき》を解き、縁側に置かれている刀に目を向けた。

「え……!?」

驚く千鶴に沖田がにやにやする。


帯刀《たいとう》した千鶴と斎藤は向かい合った。斎藤は右腰に刀を差している。武士の世では珍しい左利きだ。

「遠慮は無用だ。どこからでも打ち込んでこい」

「で、でも……」

竹刀《しない》ではなく真剣を使うことに、千鶴は躊躇《ちゅうちょ》していた。

父の綱道は千鶴を近所の師範に引き合わせてくれた。何年も真面目《まじめ》に通い、なかなか筋がよろしいと褒《ほ》められたことだってある。だが、それだけのことだ。真剣による立ち合いなどしたことはない。

（それに私……刃物は……）

「その腰の小太刀は、単なる飾りものか?」

「そ、そんなことありません。でも、刀で刺したら、斎藤さんは死んじゃうんですよ！」

日陰になっている廊下から高みの見物を決めこんでいた沖田が、派手に吹き出し、

「あははは！　一《はじめ》君に向かって、『殺しちゃうかも』って不安になれる君は、文句なしにすごいよ。最高！」

バンバンと自分の腿《もも》を叩いて笑い転げる。千鶴は真っ赤になった。

「わ、笑うことないじゃないですか。万が一にも怪我しちゃうかもしれませんし……。それに、人を傷つけるかもしれない刃物を、むやみに抜くことなんてできません」

「でも、腕前を示しておけば、僕たちも君の外出を前向きに考えるかもよ？」

「え？」

千鶴は沖田から斎藤に視線を戻し、じっと見つめる。

（もしかして、斎藤さんは私のために……？）

「どうしても刃《やいば》を使いたくないというのなら、峰打《みねう》ちでこい」

「……」

それなら、と千鶴は心を決めて小太刀を抜き、すぐに刃を返した。

「お願いします！」

斎藤は微《かす》かに頷いたようだった。だが柄に手をかけるでもなく、ただ静かに立っているだけだ。千鶴が動いた。

「やあああぁっ！」

だが、気合もろともまっすぐに斎藤へ斬り込んだ小太刀は、澄んだ音をたてて弾《はじ》かれる。同時に千鶴は、喉《のど》もとに冷やりとした刃を突きつけられていた。

「あ……」

（そんな……あの一瞬で……？）

千鶴を見据《みす》えていた斎藤が、ようやく静かに刀を下ろす。静と動の部分が千鶴にはまだ理解できない。

「……い、いま、何が……？」

「驚いた？　一君の居合いは、達人級だからね」

縁側からひょいと庭へ下りた沖田が、小太刀を拾ってくれた。千鶴は自分の右手が空なのに初めて気づいて、再び驚く。

「一君が本気だったら、今頃、君は死んでるよ」

「……」

その刀で、幾人《いくにん》もの敵を倒してきたのかもしれない。千鶴はゾクリとした。沖田の言う通り、斎藤が本気だったら確実に命はなかったろう。ようやく芽生えた恐怖心に、小太刀を鞘《さや》に納める指が微《かす》かに震えてしまう。

「師《し》を誇《ほこ》れ。おまえの剣には曇《くも》りがない」

「え？」

斎藤もまた刀を納め、

「少なくとも、外を連れて歩くのに不便を感じない腕だ」

と言い置いて踵を返すと、何事もなかったように洗い終わった食器を持ち上げた。

そうだった、私は試されていたんだ、と千鶴の内にようやく現実が戻る。

斎藤の言葉を耳にした沖田が、わずかに口角《こうかく》を上げる。

「一君のお墨付きかあ。これって、かなりすごいことだよ？」

沖田ははしゃいでみせながら、勝手場のほうへ歩き出した斎藤に続いた。

「巡察に同行できるよう、俺たちから副長に頼んでみよう」

斎藤の背中から発せられた言葉に、呆然《ぼうぜん》としていた千鶴の心は浮き立った。

「あ、ありがとうございます！」

ただし、と沖田が振り向いた。

「逃げようとしたり、巡察の邪魔になるようだったら——殺すよ？」

「……はい！」

（ずいぶんおまけしてもらっちゃった気がするけど……、でも、うれしい！）

ようやく笑顔になった千鶴は、ふたりに向かって深々と頭を下げた。

数日後、千鶴が土方の部屋に呼ばれて行くと、沖田と藤堂が先に来て座っていた。千鶴は土方の向かいに緊張の面持《おもも》ちで座る。

「おまえに外出許可をくれてやる」

「――ありがとうございます！」

千鶴の顔がパッと輝いた。

「市中を巡察する隊士に同行しろ。隊を束ねる組長の指示には必ず従え」

「はい！」

「総司、平助。今日の巡察はおまえらだったな？」

土方は脇に控えているふたりに確認する。

「オレたち八番組は夜だから、ついてくなら昼の一番組の方がいいんじゃねーの？」

八番組組長の藤堂が、沖田の顔を見た。

「浪士《ろうし》に絡まれても見捨てるけど、いい？」

「いいわけねぇだろうが」

軽口《かるくち》を叩く一番組組長を叱《しか》りつけ、土方は真顔で千鶴に向き直る。

「長州《ちょうしゅう》の連中が不穏《ふおん》な動きを見せている。本来ならおまえを外に出せる時期じゃないんだが……」

過激な尊王攘夷《そんのうじょうい》派の不逞《ふてい》浪士たちと、京の治安を守るため彼らを取り締まる新選組は、かねてより敵対関係にある。尊攘派の中心となる長州は前年起こった八月十八日の政変で京より放逐《ほうちく》されたはずだが、つい最近、多数の長州人が京へ潜伏《せんぷく》していることがわかった。緊張が高まってきている今、京は以前にも増して危険な場所なのだと土方は説明した。

「では、どうして？」

(長州藩の動きが活発なときに私を連れて行ったら、お荷物になってしまうんじゃ……)

千鶴は首を傾《かし》げる。

「京の町で綱道《こうどう》さんらしい人を見たって言う証言があがってきている」

「父様を!?」

ハッと千鶴は土方を見つめた。

「これ以上、機会を延ばしていては綱道さん捜しも進まねえだろうし、それに……半年近くも辛抱させたしな」

(あ……気にかけていてくれていたんだ)

千鶴は、父親を捜しに行きたくて毎日じりじりしていた自分の気持ちを、土方が理解してくれていたことが少し意外だった。でも、いまは素直にうれしい。

「あの。……ありがとうございます」

「よかったな。千鶴」

藤堂の笑顔につられ、千鶴も、

「うん！」

と、大きく頷いた。


沖田総司が組長を務める一番組は、いつものように四条通《しじょうどおり》へと差しかかった。沖田以下、一番組隊士は四名ほど。今日は特に長州の動きに目を光らせるための巡察とはいえ、千鶴にとっては広々としたきらびやかな京の町は、刺激的だった。

「わぁっ、賑《にぎ》やか！」

半年もの間、屯所《とんしょ》である八木邸《やぎてい》から一歩も外へ出られなかったせいか、軒《のき》を連ねるさまざまな店はどれも珍しく、つい視線が華やかなほうへと向いてしまう。

「千鶴ちゃん、はしゃぎすぎ。巡察に同行してるんだってこと、忘れないでね」

物言いこそ柔《やわ》らかいが、沖田の目は油断なくあたりを窺《うかが》っている。先ほどからこのあたりをうろついている浪士たちが気になっている様子だった。

「は、はい」

思わず首をすくめた千鶴は、気を引き締め、綱道を知る人がいないか町の人に声をかけ始めた。

「すみません。人を捜しているんですが……」

「背格好はこれくらいで、剃髪《ていはつ》なんです。年は……」

だが、みな一様に首を振り、そんな男は見かけたことがないと言う。千鶴がため息をついたとき、通りの向こうからちょうど綱道くらいの年恰好《としかっこう》の男が歩いてくるのが目に入った。千鶴は思わず声をかける。

「ああ。そないな人なら、しばらく前に、そこの桝屋《ますや》さんで見かけましたなあ」

人のよさそうな男は、綱道に似た男を見たという。

「本当ですか⁉ ありがとうございますっ！ 桝屋さんって……ええと……」

「ほら、あの蕎麦《そば》屋の斜向《はすむ》かい。魚売りが立ってはるとこの先や」

男が指さした店は四条通沿いにある、薪炭屋《しんたんや》のようだった。幾重《いくえ》にも重ねた笊《ざる》を天秤棒で担《かつ》ぐ魚の振り売りが、軒下《のきした》で休んでいる先に看板が見える。千鶴は男に一礼すると、桝屋に向かって走り出していた。

そのとき沖田は、あたりに散っている隊士たちをそろそろ集合させるために声をかけようとしたところだった。が、目の端に千鶴がいきなり走り去るのを捉《とら》え、

「ちょっと、千鶴ちゃ……⁉」

と言いかけ、振り返る。

「貴様ら！　もう一度言ってみろ！」

隊士の怒声《どせい》が耳に入ったからだった。見ると、四条小橋《こはし》のたもとで、数人の隊士が浪人たちとやりあっている。

「吠えるなよ、壬生狼《みぶろ》。新選組が怖くて京の町が歩けるか！」

壬生狼というのは、新選組の前身である『壬生浪士組《みぶろうしぐみ》』を文字《もじ》った呼び名だった。当時資金に乏《とぼ》しくみすぼらしかったので、隊士たちは未《いま》だにそのことでからかわれることが少なくない。

「あーあ、よりによってこんな所で」

彼は小さく溜息を吐《つ》き、千鶴を気にしながらも隊士たちの元へ走った。


こちらに背を向け、手拭《てぬぐ》いで顔の汗を拭いている魚売りの前を通り過ぎ、息せき切って桝屋ののれんをくぐる。

「すみません。お尋ねしたいことが――」

帳場《ちょうば》に座っていた店の主人とおぼしき男に千鶴が声をかけたときだった。店内にいた数人の客らしき浪士のうちのひとりが、ハッと表情を変え、

「こ、こいつ！　さっき、新選組と一緒だった奴だぞ」

　と、いきなり刀を抜いた。

「バカもの！　早まるな!!」

　連れの男たちが制止するより早く、浪士は土間を蹴《け》って千鶴に襲《おそ》いかかる。

「きゃっ!?」

　何がなんだかわからない。とっさに身をかわそうとした千鶴は、体勢を崩してその場に尻もちをついてしまう。

「!!!」

　刃が振り下ろされる――そう思った瞬間、浪士の刀が弾かれ、帳場の前に突き刺さった。

「沖田さん！」

　千鶴は外から疾風《しっぷう》のように飛び込んできた浅葱色の羽織を見上げる。抜き身の刀を手に、沖田はうっすらと笑った。

「君って本当に運がないよねえ。ある意味こいつらも、僕も、だけど」

（え？）

　沖田の言葉が終わらないうちに、一番組の隊士たちがどっと店の中に突入してくる。帳場に座っていた男が顔を強張《こわば》らせ、腰を浮かせた。

（な、なに!?　運ってどういうこと？）

怒号《どごう》が飛び交うなか、呆然とする千鶴の目の前で乱闘が始まった。


すでに日は傾《かたむ》いていた。

屯所の一室で、千鶴は沖田と並び、上座の山南の前に座っている。傍《かたわ》らには幹部たち、そして薬売りと魚売りの姿があった。

「大したお手柄ですね。桝屋に運び込まれた武器弾薬を押収し、古高俊太郎《ふるたかしゅんたろう》を捕らえてくるとは」

左腕を吊っている山南が穏やかに、だが皮肉たっぷりに言う。

「そうするしかない状況だったんですよ。いいじゃないですか、結果的に上手《うま》くいったんですから」

開き直る沖田の横で、うなだれていた千鶴は、消えてしまいたい気持ちで身を縮めていた。

「上手くいったからいい？」

聞き捨てならないというふうに、眼鏡の奥の瞳が光った。

「我々は桝屋の主人が長州の間者《かんじゃ》と知った上で、泳がせていたんじゃありませんか」

薪炭屋の帳場にいた主人は古高俊太郎といい、かねてより新選組が目をつけていた男だったという。商人の暮らしを隠れ蓑《みの》に、その実長州と手を結び、店の地下蔵に大量の火薬や鉄砲《てっぽう》などを蓄《たくわ》えていたらしい。それを聞いたとき、千鶴は血の気が引いた。

「桝屋の動きを見張ってた、島田《しまだ》君や山崎《やまざき》君に悪いと思わないわけー？」

藤堂が沖田を揶揄《やゆ》するように言う。すると薬売りと魚売りの姿をした男がふたり、

「我々のことなら気にしないで下さい」

「桝屋の監視を続けてきたものの手詰まり状態でしたから、沖田さんたちが動いてくれたおかげで古高を押さえることができましたよ」

と、口にした。ひとりは中肉中背《ちゅうにくちゅうぜい》の男で山崎烝《すすむ》、もうひとりは島田魁《かい》という男だった。島田は大柄ながっちりした男で、千鶴も目にした魚売り姿で桝屋を見張っていたという。薬売りに化けた山崎は桝屋の斜向かいの蕎麦《そば》屋から、千鶴たちが桝屋に入るのを確認していた。

三か月ほど前、千鶴は綱道の件で彼らを紹介されている。ふたりとも新選組の優秀な監察方だ。土方の言っていた『市中で綱道らしき人を見た証言』とは、このふたりがもたらしたものだろう。結局、桝屋で目撃されたのが綱道かどうかはわからずじまいになってしまった。

「それは結果論です」

それでも山南は、沖田を決して認めようとはしない。永倉も島田と山崎に目をやり、

「おまえらは殊勝《しゅしょう》だねえ。それに引き換え総司は……」

と、沖田に嫌味を放った。

千鶴はこれ以上沖田が責められることに耐えられず、おずおずと口を開く。

「……私が悪かったんです。父様を見かけたという話を聞いて、後先も考えずに店へ行ってしまったから……」

「君への監督不行き届きの責任は、沖田君にあります」

山南はにべもなく言うと、千鶴から沖田に鋭い視線を移した。

そのとき、襖《ふすま》が開いて土方が入って来た。

「それに関しちゃ、外出を許可した俺にも責任がある。こいつらばかり責めないでやってくれ」

近藤も顔を見せ、ふたりは上座に腰を下ろした。

「土方さん、古高は何か吐いたのか？」

原田が訊ねる。千鶴はどきりとして土方の顔を見た。近藤と土方は新選組のもうひとつの屯所である前川邸《まえかわてい》で、古高を拷問《ごうもん》していると聞いていたからだ。

「風の強い日を選んで京の町に火を放ち、その機に乗じて天子様《てんしさま》を長州へ連れ出す――。それが奴らの目的だ」

土方の言葉は淡々としていたが、恐ろしいものだった。近藤も無言で頷く。

「京の町に火を放つだあ⁉　長州の奴ら、頭のネジが緩んでるんじゃねぇのか？」

鉢巻を巻いた自分の頭を指さして、永倉が呆《あき》れる。

「それって、単に天子様を誘拐するってことだろ？　尊王を掲《かか》げてるくせに、全然敬《うやま》ってねーじゃん！」

「……何にしろ、見過ごせるものではない」

藤堂と斎藤も憮然《ぶぜん》としている。土方は、近藤の横顔に向かって
「古高が捕縛《ほばく》されたことで奴らも焦っているはずだ。今夜にも会合を開いて善後策を講じるだろう」

と表情を厳しくした。

「うむ、そうだろうな。長州が会合を持つ場所は？」

監察方に近藤が訊ねると、島田がすぐに応える。

「これまでの動きから見て、四国屋《しこくや》、あるいは池田屋《いけだや》のいずれかと思われます」

「よし。会津藩《あいづはん》と所司代《しょしだい》に報《しら》せを出せ。トシ、隊士たちを集めてくれ」

局長の命で、幹部たちはいっせいに動き出した。


支度を整えた隊士たちが揃《そろ》いの羽織、揃いの鉢金という勇ましい姿で整列している。

羽織の袖のだんだら模様は夜目にも白く清々《すがすが》しいが、彼らのこれからの仕事を考えると、千鶴の胸は苦しくなった。

「動ける隊士は、これだけか……」

目で数を数えた土方が、わずかに眉《まゆ》を曇らせた。幹部を入れても三十名余りだ。

「申し訳ありません。怪我さえしていなければ私も……」

見送りに出ている山南が、千鶴の横で無念そうに詫《わ》びた。

「いや、山南君には留守をしっかり預かってもらわなくては」

近藤がすぐに山南に対する信頼を見せる。

ふと、隊列から少し離れた暗がりで、原田と斎藤がひそひそ話を始めた。

「こんな時、あいつらが使えれば良かったんだがな」

原田の言葉を耳にして千鶴は、なんのことだろう、とふたりに視線を向けた。

「しばらくは実戦から遠ざけるらしい。血に触れるたび、俺たちの指示も聞かずに狂われてはたまらん」

（狂われては……？　……!!）

斎藤の言葉を聞くと同時に、千鶴の脳裏に半年前のあの夜の光景が甦《よみがえ》った。

目を赤く光らせた白髪《はくはつ》の隊士が浪士たちに襲いかかり、めった斬りにする。すでに絶命している浪士に執拗《しつよう》に刀を突きたて、甲高《かんだか》い笑い声をあげた――。

（そう。あれは狂っているとしか言いようのない姿だった……！）

千鶴はいまもあの笑い声があたりに響いているような気がして、あわてて両手で耳を塞《ふさ》ぐ。

（聞いちゃいけない……あれは、私が関わってはいけないもの）

「会津藩と所司代は、まだ動かないのか？」

土方の焦《じ》れた声に、千鶴はハッと我に返った。幸い、自分に注意を払っていた者はいないようで、ほっとする。

「何の報せもないようだよ」

井上の返答に、土方は舌打ちし、

「確たる証拠が無けりゃ、腰をあげねえってのか……。近藤さん、出発しよう」

と、局長を促《うなが》した。

「だが、まだ本命が四国屋か池田屋かわからんぞ」

うーむと腕組みをする近藤に、山南が言う。

「奴らは池田屋を頻繁《ひんぱん》に利用していたようですが、古高が捕縛された夜にいつもと同じ宿を使うとは考えにくい。四国屋を本命とみるのが妥当《だとう》でしょう」

「しかし、池田屋の可能性も捨てきれまい」

近藤と山南の意見に耳を傾けていた土方が、

「……隊を二手に分ける。四国屋へは俺が行く。池田屋へは近藤さんが行ってくれ」

と、策を講じた。

「ならば、こちらは十名で向かう」

「十名で!?　……じゃあ、総司、新八、平助を連れて行ってくれ」

「わかった。だが、こっちが本命だった時は頼むぞ」

わずかな人数で動く近藤に、土方は力強く頷いてみせた。


空になった屯所の広間で、千鶴は山南とふたり、落ち着かない時間を過ごしていた。

壁に掲げられた、『誠』の文字を染め抜いた真紅の旗を蝋燭《ろうそく》の明かりが照らし出している。

屯所の門を走り出て行った隊士たち――そのしんがりにいた土方の後ろ姿を思い出して、千鶴は膝《ひざ》の上の指を何度も組み替えた。

〝留守の間のことは、すべて山南さんに任せたぜ〟

そう言い残して出て行った彼は、今ごろもう四国屋に着いただろうか。山南に強い信頼を預けるのを目《ま》の当たりにして、千鶴は自らも身が引き締まる思いだった。

短くなった蝋燭を替えようと、立ち上がった山南が燭台《しょくだい》に近づいたとき、

「総長」

監察方の山崎――昼間の薬売りのいでたちではなく、黒装束《くろしょうぞく》に身を包んでいる――が駆け込んできた。

「『本命は池田屋』との報せが入りました」

「……池田屋!?」

山南の顔色が変わった。


近藤は、同行してきた沖田、永倉、藤堂たちと共に、三条《さんじよう》小橋近くの池田屋を遠巻きに監視していた。

そう大きくはない旅籠《はたご》だ。入り口の脇には掛《かけ》行灯がぼんやりと灯《とも》っているが、あたりに人通りはない。先ほどから何度か二階の障子が開き、外の様子を窺う男の姿が見られた。長州に与《くみ》する不逞浪士に違いない。

「……こっちが当たりか」

永倉が呟く。近藤は背後で見張りをしている隊士たちに、

「会津藩や所司代の姿は？」

と訊ねた。

「……まだ見えません」

「……そうか」

近藤は二階を見上げたまま、辛抱強く頷いた。

「私としたことが……見誤りました」

山崎の報せに、山南は悔しそうに薄い唇を噛《か》みしめる。

「すぐに土方副長のいる四国屋へ伝えに行きます」

「頼みます。事は一刻を争う。それと」

雪村君、と山南が山崎から千鶴に向き直った。

「はい」

「君も、山崎君に同行してください」

「え⁉　私が、ですか？」

驚いて聞き返す千鶴の横で、山崎も眉を動かした。

「お言葉ですが、伝令なら俺ひとりで事足ります」

「山崎君には会津藩や所司代へも通達してもらわねばなりませんし、伝令に向かう途中、足止めされるかもしれません。確実に伝えるためには、ひとりよりふたり。念には念を入れるべきです」

「……わかりました」

山崎はすぐに山南に小さく頷いてみせた。

「雪村君も行ってくれますね？」

「は、はいっ。私、行きます！」

自分でも驚くほどまっすぐな声が出る。千鶴は少しも迷っていない自分にひそかに驚いていた。

（だって、みなさんの一大事だもの。私にできることがあるなら、力になりたい……）

「雪村千鶴君といったな。残念ながら君の安全は保障できないが——」

それでもいいか、と山崎が目で訊ねてくる。

「自分の身は自分で、ですね。大丈夫です」

千鶴は小太刀の柄に手をかけ、こっくりと頷く。

「では——全力で走れ」

言い終わると同時に、山崎の姿は消えていた。後に続き、千鶴も広間を飛び出した。

犬矢来《いぬやらい》が続く脇道を走り続け、大通りまで出たときだった。

「雪村君。先ほど教えた道は覚えているな。脇目も振らず走るんだ」

「えっ？」

聞き返す間もなく、辻の暗がりから抜き身の刀を手にした浪士たちが数人、躍り出てきた。

「っ！」

思わず竦《すく》んだ千鶴の前に出た山崎が、鞘《さや》を払う。

「何があっても走り抜けろ！　決して、後ろを振り向くな！」

「はい！」

山崎は敏捷《びんしょう》に、鋭い切っ先で浪士たちに斬り込んでゆく。

「うわああっ！」

最初のひとりが倒れた。

「行けっ!!」

「!!!!」

剣戟《けんげき》を振るう山崎の叫びに突き飛ばされるように、千鶴は駆け出した。


じりじりと刻限だけが過ぎてゆく。

池田屋を監視する近藤たちに、焦りが見え始めていた。

「役人たちは何やってんだよ？」

「さすがに遅すぎるな」

藤堂と永倉が顔を見合わせ、囁《ささや》き交わす。

「近藤さん、どうします？　みすみす逃がしちゃったら無様《ぶざま》ですよ？」

指示を催促するように、沖田が近藤の背中に言った。会津藩や京都所司代を待っていては、短い夜が明けてしまう。

「……」

最前列にいた近藤はやがて、意を決した表情で振り向いた。

「やむを得ん。いくぞ……！」

待ちかねた沖田たちは、それを聞いて不敵な笑みを漏らした。


山崎に教えられた道筋を頭の中で何度も繰り返しながら、土方たちのいる四国屋へと通じる路を目指す。

（本命は……池田屋）

足がもつれ、ともすれば脱げそうになる草履《ぞうり》で必死に走る。限界を超えた鼓動が、耳の中で激しく鳴っていた。

山崎はどうしたろう。いま千鶴が浪士に襲われたら、とても応戦できるものではない。だが、

なんとしても四国屋まで辿《たど》り着くのだ。


池田屋の表戸が音を立てて開かれる。先頭を切って踏み込んだ近藤が声を張った。

「会津中将殿御預かり、新選組。詮議《せんぎ》のため、宿内を改める！」

正面に見える階段の上で、慌《あわただ》しい気配がする。行灯の吹き消された二階の暗がりから、雄《お》叫《たけ》びをあげて浪士たちが駆け下りて来た。

それを沖田が、藤堂が、永倉が、己の刀を手に待ち受ける。近藤が大きく動いた。


「はあっ、はあっ――――！」

（本命は……池田屋）

わずか先に、大きな通りと交差している辻が見える。

（本命は……池田屋!!）

千鶴は夜の中を、前だけを見て走り続けた。

第三章

池田屋《いけだや》の階上で、浪士《ろうし》たちが抜刀《ばっとう》する。最初のひとりが階段を駆け下りて来ると同時に、

「斬《き》れぇぇぇい!!」

近藤《こんどう》が叫んだ。叫びざま宿内に上がり込み、下りて来た浪士を斬り伏せる。それが合図のように激しい斬り合いが始まった。

「はぁぁぁぁ!!」

永倉《ながくら》は気合を込めた刀で目の前の浪士と斬り結び、正面から相手を倒す。

「うおぉぉっ！」

脇から突進してきた浪士の刀を難なく撥《は》ね退《の》けたのは沖田《おきた》だった。刀を十分に振るえる広さがないことを考慮《こうりょ》して、彼は突きの構えをしたままその場にいた永倉と背を合わせるように立った。

「わざわざ大声で討《う》ち入りを知らせちゃうなんて、すごく近藤さんらしいよね」

沖田が弾《はず》んだ声でそう言うと、

「いいんじゃねえの？　正々堂々と名乗りをあげる。それが討ち入りの定石《じょうせき》ってもんだ」

と、永倉は応《こた》え、座敷に踏み込んでゆく。

丁度そのとき浪士と鍔迫《つばぜ》り合いになっていた藤堂《とうどう》がそれを耳に入れ、相手を見据《みす》えたまま言った。

「自分を不利な状況に追い込むのが、定石？」

別の浪士と同じく鍔迫り合いになっていた永倉はそれには応えず、

「うらぁぁぁぁぁ！」

気迫のこもった咆哮《ほうこう》をあげながら、力の限り浪士を押しのける。相手の浪士は背中で襖《ふすま》を倒し、仰向《あおむ》けに倒れた。浪士たちが沖田を取り囲む。が、沖田は少しもあわてず、浪士たちのなかに斬り込んでいった。


千鶴《ちづる》はひたすら走り続けていた。どこか遠くで騒がしい物音が聞こえた気がするが、立ち止まりはしない。

とうとう三条通《さんじょうどおり》と思われる大きな路《みち》に出た。辻を越えてからようやく彼女は歩を緩《ゆる》め、肩を上下させながら走り抜けた小路《こうじ》の数を指折り数え始めた。走り出す間際に、山崎が耳打ちしてくれた四国屋《しこくや》の場所を間違えるわけにはいかない。

「……山崎さんは……確か、この辻を右に曲がれ……って」

ここかな、と不安そうに辻を覗《のぞ》き込んだ千鶴は、思い切って狭い小路へと足を踏み入れた。


激しい怒号《どごう》が響いている。沖田は浪士に前後を挟まれていた。しかし少しも慌《あわ》てず、低い姿勢から気合もろとも突きで目の前のひとりを刺《さ》し貫《つらぬ》く。断末魔《だんまつま》の悲鳴をあげ、浪士が倒れる。すぐ傍《そば》では藤堂が上背のある浪士と鍔迫り合いになっていた。

さらに沖田が背後の浪士を突き、刀をその身体《からだ》から抜いたとき、対峙《たいじ》していた浪士を押し返した藤堂と背中合わせになる。隙《すき》なく刀を構えるふたりに、浪士のひとりが叫んだ。

「相手はわずか二人だ！　怯《ひる》むな！　斬れ‼　斬れ！」

しかし、ふたりの腕を目の当たりにした浪士たちは腰が引けてしまい、誰も挑《いど》んでこようとはしない。

「威勢がいいわりに、すっかり怯《ひる》んじゃってるみたいだけど」

沖田が皮肉っぽく言うと、藤堂も笑う。

「土方《ひじかた》さんたちが来る前に、片付いちゃったりして」

唇に笑みを残したまま、藤堂が階段を数段駆け上がったときだった。浪士が刀を振りかざし、二階から勢いよく駆け下りて来た。

「っつぁぁぁぁ!!」

かけ声と共に藤堂が難なく胴払いで切り捨てると、浪士はまっさかさまに階段を落ちてゆく。と、

「お先に」

藤堂の横を、沖田が駆け上がって行った。

「あ！　きったねえ！」

藤堂は階下で近藤と永倉が善戦してるのを見てとると、慌てて自分も二階へと駆け上がった。


倒れた行灯《あんどん》からこぼれ出したのだろう、血の匂いのなかに油の匂いが漂《ただよ》う。

浪士がまだ潜《ひそ》んでいるかもしれない。沖田と藤堂は返り血を浴びたお互いの顔を確認するように目配《めくば》せを交わすと、奥の座敷へ続く襖の前へと進んだ。

襖を細く開け、中をそっと覗き込んだ沖田は、ハッと息を飲む。部屋の中に浪士とは明らかに違ういでたちの男がふたりいたからだ。

ひとりは窓辺に腰かけ、欄干《らんかん》に片肘《かたひじ》をつくと、中庭で新選組と浪士たちが斬り結んでいるのを冷めた目で見下ろしている。もうひとりはがっちりとした大柄な男で、座っている男の隣に立っている。腕組みをし、やはり外の様子を見ていた。何者なのかはわからないが、長州《ちょうしゅう》の手の者なら味方でないことだけは確かだ。

沖田と藤堂がそっと部屋の中に入ると、ふたりは声をあげることもなく、静かに振り返った。

土方たちは、物陰から辛抱《しんぼう》強く四国屋の様子を窺《うかが》っていた。隣の斎藤《さいとう》も、なんの動きもない宿をじっと見つめている。と、後ろからふたりの間に原田《はらだ》が割って入った。

「今、何人かに長州藩邸の様子を見に行かせた。それにしても、役人たちは遅《おせ》えな」

斎藤は微《かす》かに頷《うなず》き、土方に問う。

「もう一度、使いを走らせますか？」

どうしようかと思案しかけた土方の耳に、足音が聞こえた。

「――っ!?」

振り返り驚いている土方に、斎藤と原田も背後を窺う。そこには、息を切らしている千鶴の姿があった。

「何やってんだ、おまえは？」

原田が思わず驚きの声を漏《も》らす。千鶴は土方の前に回ると、

「ほ、本命は……池田屋……」

ここまでの道すがらずっと繰り返し胸に呟《つぶや》いていた言葉を、告《つ》げた。

「!!」

「……会合場所は池田屋である、と？」

斎藤が疑いを含んだ口調で聞き返す。

息があがってうまく答えられない千鶴が、かろうじて頷いてみせるのを目にした土方は言った。

「山南《さんなん》さんなら脱走を見逃さねえ。つまり、こいつは総長命令で来たってことだ」

「よくここまで来られたな。京の地理には詳しくねえんだろ？」

原田の労《いたわ》るような口調に、千鶴はほっとする。

「や、……山崎、さんが……」

そう説明しかけて、千鶴は、山崎はどうしただろうと初めて考えた。無我夢中《むがむちゅう》でここまで走り続けていたので、そこまで頭が回らなかったのだ。

「散開している隊士どもを集めろ」

土方が斎藤と原田に命《めい》を下す。

「池田屋の表からは斎藤、裏手からは原田が踏み込め。源《げん》さんたちには、『池田屋を取り囲め』と伝えろ。俺は別件で動く」

斎藤と原田はすぐに四国屋の見張りのために散っていた隊士の元へ走り出した。土方はそれからようやく千鶴に視線を当てると、短く訊《たず》ねる。

「歩けるか？」

「……は……はい」

息も切れ切れに頷いている間に、土方はもう歩き出している。千鶴は疲れて重たくなった足で、あわてて彼の背中を追った。


「ぐはぁぁ!!」

藤堂は、刀を手にしたまま仰向けに吹っ飛んだ。

（な、なんだ!?　今の）

窓辺に立っていた大柄な男を追って階下に下りると、中庭に面した部屋で刀を構えた。その瞬間、武器を持たない男の手刀《てがたな》が飛んできたのだ。

藤堂はすぐに立ち上がると、再度刀を構える。男はこちらをじっと見つめていた。

る。

「……化けもんか」

男が何も手にしていないことをもう一度確かめながら藤堂は言い、切っ先をぐいと男に向け
「よしなさい。……私には戦う理由がない」

「……なんだと？」

藤堂は気色《けしき》ばんだ。

「君が退くというなら、無闇《むやみ》に命を奪うつもりはありません」

「オレには理由があるんだっての。長州の奴らを見逃すわけには、いかねえんだよ！」

藤堂が畳を蹴《け》った。

「決め付けは歓迎できませんな。私は長州に与《くみ》する者ではありません」

男は突進してきた藤堂に、目にもとまらぬ速さで拳《こぶし》を繰り出す。

拳は藤堂の額《ひたい》に真正面から命中し、鉢金を割った。

「ぐわぁぁぁぁ！」

額から鮮血《せんけつ》が噴き出す。宙に浮いた藤堂の身体は弧《こ》を描き、障子《しょうじ》を破って中庭に放り出された。

仰向けのまま部屋の中を見上げると、男はこちらに背を向け、悠々《ゆうゆう》とした足どりで去ってゆくところだった。

藤堂はやっとのことで身体を起こす。額に受けた衝撃のせいだろう、ふらつく足で立ち上がったものの、よろよろとよろけた。

「待ち……やがれ」

呼びかけた言葉は男には届かない。藤堂はそのまま昏倒《こんとう》した。

藤堂たちが出て行った後、沖田は二階の奥の部屋で、窓辺に腰かけていた男と戦っていた。

「はぁぁ！」

鋭い突きを浴《あ》びせるが、男はそれをかわすが早いか、ひらりと沖田の背後に回る。できる、と思う間もなく、今度は沖田が振り向きざま男の胴を払おうとした。が、その刃《やいば》は未《いま》だ抜かれていない男の刀の鞘《さや》に阻《はば》まれる。鈍《にぶ》い音をたてて、鞘が割れた。

「……」

男は、沖田の刃を受けたところが割れているのにちらりと目をやると、ようやくその鞘を払う。

「少しは歯ごたえがあるのだろうな？」

「油断してると、歯ごたえどころか何も噛《か》めない身体になるよ」

不敵な笑みを浮かべた沖田が、正面に立つ男に先ほどより速い突きを繰り出す。

「っ！」

だが、今度は抜き身の刀がそれを受け止めた。


土方と一緒に三条通との辻まで戻ったとき、千鶴の耳には男たちの叫ぶ声や刀のぶつかり合う激しい音がはっきりと聞こえてきた。

池田屋からだろう。頭ではわかっていても、怒号は千鶴の頬《ほお》を強張《こわば》らせた。隊士を率いている後続の斎藤や井上《いのうえ》の姿はまだ現れない。

見回せば、あたりの軒《のき》はみな暗い。出入りを知って、町の人々は皆家の中で息を潜めているに違いなかった。

いったん足を止めた土方は、辻から身を乗り出すようにして騒ぎの聞こえてくる方角を窺う。

「……まだ来てねえようだな」

つぶやき、それから初めて千鶴を振り返ると、

「伝令、ご苦労だったな」

と労《ねぎら》いの言葉をかける。

「えっ？」

　驚いた千鶴は、あわてて首を振った。

「いえ、私なんて、なにも――」

「先手を打てるのは、おまえの手柄だ」

（先手……？）

　思いがけなく土方に褒《ほ》めてもらった気恥ずかしさを感じながらも、どういうことだろう、と千鶴は考えた。

　そのとき、大通りのほうから足音が聞こえてきた。かなりの人数のようだ。土方が時を待っていたかのように歩き出す。千鶴もその背中越しに見てみると、足音の主《ぬし》は隊列を組んだ武士の一群だった。提灯《ちょうちん》を掲《かか》げ、旗を捧げ持っている者もいる。

　土方が真っ直ぐに進むと、隊列が止まった。

（お役人……？）

　千鶴が固唾《かたず》を飲んで見守っていると、土方はこちらに背を向けたまま声を張った。

「局長以下我ら新選組一同、池田屋にて御用改めの最中である！　一切の手出しは無用。――池田屋には立ち入らないでもらおうか」

「土方さん……!?」

　その言葉に千鶴も驚いたが、役人たちはもっと驚いたようだった。ざわめきの中、ひとりが進み出る。

「な、何を申すか！　我ら、その池田屋に集まる不逞《ふてい》浪士たちを制圧に参ったのだ！」

するとと別のひとりが、

「邪魔立てする気か！」

と、土方の方へ足を運びかけた。土方は、そのふたりをギラリと光る目で睨《にら》みつける。

「あんたらのためを思って言ってやってるんだ」

「なんだと？」

「迂闊《うかつ》に踏み込めば、中の隊士に斬られるぞ。それとも、乱戦に巻き込まれて死にてえのか？」

「……そ、それは」

口ごもった役人を押し返すように、土方は数歩前へ出る。

「今一度言う。一切の手出し無用！」

「……！」

役人たちは土方の静かな、だが迫力のこもった口調に気圧《けお》され、思わず後ずさってしまう。

（……土方、さん？）

なぜ、応援の役人たちを退けてしまうのかと千鶴が不思議に思っていると、

「役人たちが踏み込めば、長州浪士制圧は彼らの手柄になるだろう――」

ふいに、隣で声がした。いつからそこにいたのか、山崎が前を見つめたまま立っている。

「山崎さん！」

無事でよかった、という言葉は飲み込み、千鶴はほっとしながら山崎の横顔を見た。

「先に踏み込んだ新選組の武勇も、なかったことにされかねない」

「そんな!?　頑張ってるのは、新選組のみなさんじゃないですか！」

山崎の言葉に、千鶴は驚いた。会津藩《あいづはん》や所司代《しょしだい》の役人たちも、日暮れまでには連絡を受けていたはずだ。新選組はいち早く動き、機を逃すまいと少ない人数で必死に戦っているというのに、今ごろ来た役人たちが手柄を横取りしようとしているなんて、ひどすぎる。

剣戟《けんげき》の音はまだ続いている。

「それだけ我ら新選組は、軽《かろ》んじられているということだ。……副長はたったひとりで新選組の盾《たて》となり、仲間の手柄を守ろうとしている」

山崎の視線の先、土方の背中を千鶴も見つめた。

（そうだったんだ……）

「……土方さん」

目の前のことで精一杯な自分に比べ、みんなのことを考えているのだ。千鶴は、土方の新選組副長としての姿を見せつけられた気がした。

そのとき、

「ぐわぁ！」

苦しげな叫びと共に、池田屋の表戸から隊士がひとり、足をもつれさせるようにして出てきた。腕を押さえ、苦しげな表情だ。

「あっ！」

千鶴は、隊士がその場に倒れてしまったのを見るや、思わず彼に駆け寄った。

「しっかりしろ！」

ほとんど同時にやって来た山崎が隊士を抱き起こし、その肩を民家の壁にもたせかけてやる。浅葱《あさぎ》色の羽織《はおり》は血に染まっていた。

千鶴は袂《たもと》にいつも入れてある手拭《てぬぐ》いを取り出すと、腕の傷に強く押し当てる。

「君は手当てができるのか？」

少し意外そうに、山崎が訊ねる。

「はい……見様見真似《みようみまね》ですけど」

土方の命を受けて捜している千鶴の父が蘭方医《らんぽうい》であることを思い出し、山崎は「そうだったな」というように頷いた。

「では、しばらくここを任せてもいいか？　俺は晒《さらし》や薬の手配をしてくる」

「はい」

山崎が走り出してしまうと、千鶴はすでに血に染まっている手拭《てぬぐ》いに目をやった。

「ちょっと押さえていてくださいね。止血しますから」

隊士の手をとって手拭いの上に導くと、いつも使っている襷《たすき》を袂《たもと》から出し、彼の脇に回してきつく縛《しば》る。

そのとき、池田屋の中から、

「総司《そうじ》はどうした⁉　誰か様子を見に行ける者はいないか！」

と、聞き覚えのある声が聞こえてきた。

（近藤さん……！）

「畜生《ちくしょう》、手が足りねぇ！　誰かいねえのか⁉」

あれは永倉だろう。千鶴はあたりを見回したが、斎藤たちもまだ到着していない。役人をたったひとりで押えている土方の背中には、絶対に声はかけられない。

（どうしよう……⁉　誰か来るのを待って……でも、手遅れになったら⁉）

池田屋からは、絶え間ない叫びが聞こえてくる。千鶴の心臓がばくばくと音をたて始める。

（みんなが必死で戦ってる時に、怖いなんて言ってられないっ……！）

「あの、少しの間――」

思い切って声をかけると、察したように隊士が呻《うめ》きながら言った。

「俺は大丈夫だ。行ってくれ……」

千鶴は頷き返し、自分を励《はげ》ますように「ふうっ」と大きく息を吐く。それから一気に池田屋の戸口へ向かって走った。

屋内に飛び込んだ千鶴は、一瞬息が詰まりそうになる。鉄錆《てつさび》のような臭気《しゅうき》が充満していたからだ。辺り一面に漂う臭いは、血によるものだった。床で事切れている浪士、散乱する什器類《じゅうき》——どこかから漏れてくる吊り行灯の弱い明かりに頼るだけでも、凄絶《せいぜつ》な戦いの様子が見てとれた。

刀を交《まじ》えている男たちを透《す》かし見るようにして、千鶴は近藤と永倉の姿を認めた。それぞれ浪士と激しく斬り結んでいる。

「沖田さんの様子を見に行きます！」

千鶴が男たちの怒号に負けないように声を張ると、

「総司は二階にいるはずだ、頼む！」

近藤がこちらを見ずに応えた。

「——はい！」

返事をしたとたん永倉がハッとし、鍔迫り合いのまま振り返る。

「おまえ、何しにきたんだ!?」

近藤も声の主が千鶴だと気づいたらしい。浪士の刀をかわしながら、

「君はこんなところへ来ちゃいかん！」

と、すでに階段に向かって走り出した千鶴に怒鳴《どな》った。

「雪村《ゆきむら》君！」

重ねて千鶴を呼ぶ近藤に、浪士の刃が迫った。近藤は応戦しながらも気が気ではない。

千鶴が階段の中ほどまで昇ったときだった。ふいに背後から殺気《さっき》を感じて振り返ると、

「っ!!」

浪士がひとり、上段に構えた刀を振り下ろそうとしているところだった。千鶴の動きに注意を払っていた近藤と永倉も、ちょうどそれに気づいたが間に合わない。

「——っ!!」

慌てて身体を浪士に向き直そうとした瞬間、

「うわあああ——っ！」

叫び声を上げて浪士が倒れる。千鶴の眼前で、斬られた浪士が階段を転げ落ちていった。

「斎藤さん……」

千鶴は、暗がりの中に斎藤の姿を見出《みいだ》した。

「あんたに死なれても寝ざめは悪い。が、俺の仕事はあんたを守ることじゃない」

「……すみません」

目を伏せる千鶴に斎藤は、念を押すように言う。

「自分の身は自分で守れ、できるな？」

「はい！」

千鶴は小太刀《こだち》の柄《つか》をしっかり握りしめた。浪士たちが階段を上がってくる足音に、斎藤は「行け」と目で階上を示すが早いか千鶴に背を向ける。

いまのうちに二階へ、と斎藤に感謝しながら千鶴が思ったときだった。雄々《おお》しい声をあげ、隊士たちが池田屋の表戸からどっと入って来る。

「誰ひとり逃がすな」

浪士に応戦しながら斎藤が指示を出す。

「手加減無用、手向かう者はすべて斬れ」

ちょうど浪士と斬り結んでいた近藤が、安堵《あんど》の滲《にじ》んだ声で叫んだ。

「来てくれたか！」

「よう、遅かったな」

永倉は対峙している浪士を見据えたまま、斎藤に声をかける。

「残念ながら、おいしいとこはもらっちまったぜ」

彼の左手からは、血が滴《したた》り落ちている。

「ふん……、今日は譲ってやる」

斎藤が言葉を返したとき、近藤は勢いに乗ったように浪士に刃を浴びせ、浪士の身体を壁際まで撥《は》ね飛ばした。

四国屋から駆けつけた隊士たちが加わると、新選組の士気はぐんと上がったようだった。疲れを見せていた隊士たちも死力を尽くして戦っている。

原田はその怒号を聞きながら、敵をひとりも逃《のが》すまいと隊士ふたりを従えて池田屋の裏口へ回っていた。ちょうどそこへ、裏庭で戦っていたものか、浪士がひとり飛び出してきた。男は木戸を潜ろうとしたとたん目の前に突き出された槍《やり》に、ぎょっとなった。

「こそこそ裏から逃げるんじゃねえよ」

原田が言うと、浪士は破れかぶれの声をあげ、斬りかかってきた。原田はそれを弾くと、真正面から槍で突く。穂先《ほさき》は深々と男の胸を刺し貫いた。

ふたりの隊士が裏庭へ突入する。仰向けに倒れた男の身体から槍を引き抜いた原田も続いた。

裏庭に入るなり、原田は浪士たちに混じって隊士が三人倒れているのを見てとった。ふたりはまだ息がある。原田は彼らに歩み寄ると、

「安藤《あんどう》、新田《にった》……もう大丈夫だ。気をしっかり持て」

と、名を呼んで励ました。残りのひとりはすでに絶命し、血の海に浸っている。

「よくやったな、奥沢《おくさわ》。……立派な生き様《ざま》だ」

原田はほんの束《つか》の間《ま》死んだ隊士に敬意《けいい》を払うと、ぐっと目をあげる。そして、戦いの中に飛び込んでいった。


井上もまた、隊士を率いて池田屋に到着したところだった。

もものしい雰囲気を感じて目をやると、

（……？）

役人の隊列と睨み合っている土方の背中が目に入った。

（トシさん……！）

井上は振り返りざま、

「池田屋から逃げ出す者はもちろんのこと、立ち入る者も許すな！」

と、隊士たちに指示を出す。

「おおっ！」

抜刀した隊士たちが池田屋を取り囲んで行く――。

小太刀に手をかけたまま階段を上がり、奥の部屋へ駆け込もうとした千鶴の足が止まった。

「っ!!」

開け放たれた窓から、薄絹《うすぎぬ》のような月明かりが射し込んでいた。その中で、影絵のような人がふたり、刀を向け合って動かずにいる。

ひとりは沖田だった。顔も羽織も血だらけで、荒い呼吸を繰り返していた。相手はすらりと背の高い男だが、髪は肩より短く、結っていない。階下の浪士たちと決定的に違うのは、少しも戦い疲れしていないように見えるところだった。刀も片手でいかにも軽そうに、水平に構えている。

と、沖田が突きを繰り出した。相手の男はそれを受け止め、易々《やすやす》と沖田を押し返した。

思わず数歩後ずさる沖田の身体が大きく傾く。

「沖田さんっ!!」

千鶴は叫び、薄闇を透《す》かして床に転がるいくつかの酒器を見つける。

（そうだ。これで……相手の気を逸《そ》らせば、沖田さんが反撃できるかもしれない！）

千鶴はお猪口《ちょこ》をひとつ摑《つか》み上げ、無我夢中で男に投げつけた。

男はそれを刀で叩き落としたが、おかげで一瞬の隙ができた。お猪口が割れる瞬間には、沖田がすでに次の一撃を繰り出していた。

が、男はその刀も受け止めると、

「この程度の腕か」

と、うっすら笑いながら、沖田の胴を蹴り上げた。部屋の隅まで吹っ飛んだ沖田は、なんとか立ち上がりかけたが、

「う……！」

突然呻《うめ》き声をあげると、胸元を押さえた。千鶴は唇の端から血が溢《あふ》れ出るのを見、沖田に駆け寄ると膝《ひざ》をつく。

「大丈夫ですか!?」

彼は苦しそうに、だが微かな笑みを浮かべて千鶴を一瞥《いちべつ》した。

「おまえもそやつの仲間か？」

男の声が降ってきた。千鶴はハッと顔を上げ、沖田の背を支えながら男を睨んだ。

「邪魔立てする気ならば、おまえも斬る」

突きつけられた刀の切っ先を間近に見て、千鶴は、

〝自分の身は自分で守れ、できるな？〟

つい今しがた斎藤に言われた言葉を思い出し、ひとり頷きながら小太刀の柄へ震える手を伸ばそうとする。

だがそれを押し留めるようにしながら、沖田はよろりと立ち上がると、前へ出た。

「あんたの相手は僕だよね？　この子には手を出さないでくれるかな」

「え……？」

千鶴は、沖田が自分を庇《かば》い、なおも戦おうとしていることに驚いた。

「愚《おろ》かな。そのような様では、もはや盾の役にも立つまい」

「僕は、役立たずなんかじゃないっ！」

沖田は言い返すと、男に挑みかかろうとする。千鶴は思わずその羽織の背中を掴むと叫んだ。

「駄目です！　血を吐いてるのに……！」

男はスッと目を細めると、目の前のふたりを眺めていたが、

「……」

突然刀を鞘に納めた。

「!!　なんのつもりだ？」

沖田は気色ばんだが、男は冷静だった。

「おまえたちが踏み込んできた時点で、俺の務めも終わっている」

千鶴は、あたりがやけにシンとしていることに初めて気がついた。

（音がやんでる……終った、の？）

いつの間に、と思った瞬間、男は窓の外へとしなやかに身を躍らせる。

「あっ!?」

「待て……！」

沖田は男を追い、よろめく足どりで窓に近づきかけたが、

「くそっ……！　僕は、僕はまだ……戦えるのに……」

そのままばったりと倒れてしまった。

「沖田さん!?」

千鶴はふたたび沖田に駆け寄ると、

「しっかりしてください！」

と、抱き起こす。血にまみれたその顔を、月がうっすら青く照らしていた。


やがて、しらじらと夜があけた。

空が明るさを増してゆくにつれ、池田屋の内の様子もはっきりと目に映るようになる。千鶴は、まだ乾かぬ血糊《ちのり》が壁や床は無論《むろん》のこと、天井《てんじょう》にまで飛んでいるのを見て、戦いがいかに凄絶《せいぜつ》だったのかを改めて思い知らされた。

倒れた襖を踏みつけながら、七名の浪士の死体が運び出される。手傷を負った者は四名。彼らは縄でつながれ、土方が足止めしていた役人たちに引き渡された。

後に判明したことには、会津藩や京都所司代の協力のもと、事件に関わった者二十三名を捕《ほ》

縛《ばく》。逃亡に加担しようとした池田屋の主人も含まれていたという。

新選組の活躍は目覚ましかったが、決して被害が小さかったわけではない。沖田は血を吐いて昏倒《こんとう》し、藤堂は額を切り、千鶴が止血《しけつ》の処理を施《ほどこ》したにもかかわらずしばらくは出血が続いた。永倉も親指付け根の肉を削《そ》ぐ怪我《けが》を負っていた。

土方は、戸板に死亡した隊士・奥沢と大怪我のためすでに虫の息だった安藤・新田を寝かせるよう指示すると、井上と山崎を付き添わせ、ひと足先に戻らせた。

近藤を先頭にした新選組の隊列が、屯所《とんしよ》に向かって歩き始める。朝の早い人々は、『誠』の文字を染め抜いた旗を掲げ、血に汚れた羽織で歩を進める彼らの姿を、恐ろしそうに遠巻きに見つめている。新選組は急速に名を馳《は》せ、その活躍の噂《うわさ》は京の内外に広まりつつあった。


九日後。

土方の言いつけで四人分の白湯《さゆ》と薬の袋を載せた盆を手に千鶴が広間に入ったとき、幹部たちは談笑していた。朝食の膳《ぜん》は片づけられたばかりだ。

池田屋での一件があった後、新選組は逃げた過激派浪士たちの行方を追っていたため、こうして幹部が一堂に会するのは久し振りだった。妙に慌しかった屯所内が、やっと落ち着きを取り戻しつつあるのを感じる。

「お薬です」

千鶴は池田屋で怪我を負った沖田、藤堂、永倉の前に、白湯と薬を一包ずつ置き、それから上座《かみざ》に座っている山南の前にもそっと差し出した。

「おや、私も飲むんですか？　左腕の傷は、もうふさがっていますよ」

山南が意外そうに腕を示すのに、

「でも、土方さんが山南さんにもって」

千鶴が応えた。山南は黙って土方を見やったが、土方は「飲め」といわんばかりに彼をギロリと見返した。

「試してみましょうよ、山南さん」

沖田が包みを開け、粉薬を口に入れてみせる。山南は小さくため息をつき、気の進まない様子で手を伸ばした。

「副長命令とあれば」

「このお薬って特別な処方をした物なんですか？」

「石田散薬《いしださんやく》か？　ま、特別っちゃ特別だな」

千鶴の問いに原田が応える。

「？」

盆の上の薬袋をよく見ると、なるほど『石田散薬』の文字があった。

「土方さんの実家で作ってるんだよ」

白湯で薬を飲み下した沖田が言う。

「そうなんですか」

千鶴はちょっと目を見はる。

そうそう、と額に包帯を巻いた藤堂は薬の包みを指に挟んだまま、

「切り傷打ち身に、どんな痛みも、飲めばピタリと治るは石田散薬！　さぁさぁ飲んでごろうじろ！　ってね！」

身振り手振りでやってみせ、「本当なんだかどうだか」とつけ加えた。

黙っていた土方は拳を作ってみせると、

「試してみるか？」

と、訊ねる。藤堂はあわてて包みを開き、

「勘弁《かんべん》してよ！　これ以上傷が増えちゃ、酒落《しゃれ》になんないよ！」

粉薬をサラサラと口に入れる。とたんに苦そうに顔をしかめた。

「それにしても、沖田君や藤堂君に怪我をさせるほどの奴が、いたとはね」

井上がふと真顔になって言った。

「次に会ったら、勝つのは僕ですから」

自信たっぷりに応える沖田に、千鶴は池田屋で血を吐いて倒れた姿をちらりと思い出す。額に怪我をして気を失っていた藤堂も、屯所に帰る戸板の上で「畜生……覚えてろよ……」とうわごとを繰り返していた。ふたりとも、十日足らずでよくここまで回復したものだ。

「そいつらは、長州の者ではないと言ったそうだな」

斎藤が、白湯をごくごく飲み干した藤堂に訊ねた。

「ああ」

「だが、あの日は池田屋も人払いをしていたはずだ」

斎藤の言葉に頷いた永倉が、

「……て、ことは？」

と聞き返す。

「何らかの目的で潜入していた、他藩の密偵《みってい》かもしれない」

「なんだよ、その目的って？」

身を乗り出した原田に、斎藤はただ首を振っただけだった。

沖田と戦っていた男は誰だったのだろう。千鶴は空の湯呑《ゆの》みを手早く片づけると、盆を手にそっと席を立った。

勝手場へ戻ろうと廊下を歩いていると、ちょうど中庭をひとりの隊士が通りかかった。彼は千鶴を認めると礼儀正しく一礼してゆく。あわてて千鶴も立ち止まり、頭を下げた。

（……私のことは、幹部の小姓《こしょう》という認識なのかな？）

ふとそんなことを考えていると、背後で足音がした。振り返ると、土方だった。千鶴のあとから広間を出てきたらしい。

「今日は十番組の巡察についてゆけ」

「え？　でも、今日は私、巡察について行かない日ですけど……？」

千鶴が小首を傾げると、

「黙って行け」

短く念押しをし、土方は踵《きびす》を返した。


大通りを十番組組長の原田と並んで歩く。前にはいつものように隊士が数人。

池田屋の一件のあと、千鶴が巡察に同行するのは初めてだった。いつものように父・綱道のことを町の人に訊ねたいのだが、新選組の姿を目にするや、みなさりげない風を装いながら離れて行ってしまう気がする。かと思えば、軒下に数人集まり、ちらちらこちらを窺いながら何ごとか囁《ささや》いている者たちもいた。

「あの、原田さん……。なんだか、町の人たちに避けられてるような気がするんですけど……？」

「ん？　ああ。池田屋の一件で嫌われちまったんだろ」

おそるおそる訊ねた千鶴の言葉に、原田はあっさりと応えた。が、千鶴は納得がいかない。

「どうしてですか？　だってみなさんは、京の治安《ちあん》を守るために働いたのに……」

上背《うわぜい》のある原田を見上げたとき、

「京の人間は、幕府嫌いの長州びいきだから仕方ねぇって」

と、後ろから聞き覚えのある声がした。

「永倉さん！」

振り返ると、巡察中の永倉が二番組の隊士を連れてやって来るところだった。

「よう！　親父さんのこと、なんかわかったか？」

明るく問われ、千鶴は思わず俯《うつむ》いてしまう。

「いえ、何も……」

そっか、と永倉は軽く息を吐いた。

「ま、今日が駄目でも明日がある。そうだろ？」

「……はい！」

励ましてくれる永倉の気持ちがうれしくて、千鶴は微笑《ほほえ》んだ。

「新八《しんぱち》。なんか異常あったか？」

原田が永倉に訊ねる。

「いんや。表向きは……な」

「表向き？」

どういう意味だろうと、千鶴は聞き返した。

「長州藩の奴らが京に向かってるって、噂が流れてる」

「え……？」

池田屋の事件が起きたばかりなのに、と千鶴は思った。

「また、きな臭くなりそうだな」

原田は永倉と意味ありげな視線を合わせている。

（……長州の人たちは、再びなにかしようとしているの？）

千鶴の不安そうな表情に気づいたのだろう、何か用事を思い出したように、

「悪いがおまえたち、先に帰っててくれ。俺たちゃ、ちょっと野暮用《やぼよう》だ」

と、隊士たちに言う。彼らが離れて行くと、

「じゃ、行くか」

原田は千鶴を促《うなが》し、さっさと歩き出した。

「え？」

（いったいどこへ行くの……？）

野暮用というからには巡察の続きではないのだろうが、千鶴は訳が分からぬまま、原田の後を追いかけ始めた。

「おい左之《さの》。行くって、どこ行くんだ？」

置いてけぼりを食らった永倉に呼び止められ、原田は笑って振り返る。

「いいとこだ。新八も来るか？」

永倉は一瞬ぽかんとしたが、即座に、

「おまえたちも先に帰っててくれ」

と、二番組の隊士たちに告げた。すぐに追いついてきた永倉は、千鶴と連れ立って原田についてゆく。

やがて辻の近くまできたとき、千鶴の耳に笛や太鼓《たいこ》、そして鉦《かね》の音が流れ込んできた。

コンコンチキチンコンチキチン、コンコンチキチンコンチキチン――

「この音は……？」

辻を曲がったとたん、

「あ……」

千鶴は、あまりの賑やかさ、華やかさに目を見張った。

（京のお祭り……！）

京の町の人々がほとんど集まっているのではないかと思えるほどの人だかりだ。みなふだんより着飾って、笑いさざめいている。先ほどから聞こえていたのは、京の祭囃子《まつりばやし》だったのだ。

千鶴は、彼らが熱心に見物しているものに目をやって、

「きれい……！」

と頬を上気させ、声をあげた。人垣の先をゆっくり横切ってゆくのは、まるで小さな御殿《ごてん》のようだった。外には赤と金を基調とした絵が描かれ、中には揃《そろ》いの法被《はっぴ》を着込んだ男たちの他、囃子方《はやしかた》も数人乗っている。

千鶴は江戸の祭りの山車《だし》を思い出したが、煌《きら》びやかさではとても敵《かな》わない。

「今日は祇園会《ぎおんえ》の後祭《あとのまつり》だ。大したもんだろ？」

千鶴の右隣に立った原田が、周りの音に掻《か》き消されまいと大声で言う。

「はい」

うっとりと見とれている千鶴に、原田はさらに「あれは山鉾巡行《やまほこじゅんこう》って言ってな。神輿《みこし》が通る前に路《みち》を清めてるんだと」と教えてくれた。祇園会では、何十基もの色とりどりの山鉾が巡行するのを見られるらしい。

コンコンチキチンコンチキチン――

祇園囃子が響きわたる。千鶴の左にいる永倉はそれを聴きながら、

「祇園精舎《しょうじゃ》の鐘の聲《こえ》、諸行無常の響きあり、沙羅雙樹《しゃらそうじゅ》の花の色、盛者必衰《じょうしゃひっすい》の理《ことわり》を顕す。驕《おご》

れる人も久しからず、ただ春の夜の夢のごとし。猛《たけ》き者も遂には滅びぬ、偏《ひとえ》に風の前の塵《ちり》に同じ……か」

と、しみじみした。

「……今のは？」

と千鶴は訊ねる。

「平家物語っていう軍記物の冒頭だ。お囃子を聴いてたら、ふと思い出しちまった」

原田は軽く頷き、

「どんなに栄華を誇ってても、いつかは滅びる。……いつまでも同じようには続かないって意味だ」

と説明した。

「いつかは……滅びる」

目の前の夢のような光景は美しすぎて、千鶴をなんとはなしに不安にさせる。と、原田がことさら明るい声を出した。

「そういや新八は、このお囃子が祇園精舎の鐘の聲だと勘違いしてたよな？」

「お、俺じゃねえ！　ありゃ平助《へいすけ》が言ったんだよ！　祇園社に祀《まつ》られてる牛頭《ごず》天王《てんのう》ってのは、あの祇園精舎のと同じだろ？　だからひょっとして京でも鐘の聲が聴けたりして、なんて平助のヤツが……」

永倉があわてて言い訳するが、

「その平助の言葉を真に受けてたんだろが」

と、原田が突っ込む。

「や、やかましい！」

ふたりのやりとりに、千鶴はくすっと笑い声をたてた。その笑顔に原田と永倉は目を合わせ、微笑んだ。

「よし、もっと近くで見てみるか？」

「え？　で、でも……」

原田はとまどう千鶴の右手を引いて、人垣の前のほうへとずんずん歩きだす。

「おいおい、いいのかよ？　道草くったりして。土方さんにバレたらどやされるぞ」

さすがにこれ以上はまずいと思ったらしい永倉が、心配して言った。

「ところが、こいつを祭りにでも連れてってやれって言ったのは、その土方さんだ」

原田は余裕の笑みを見せ、ふたりを驚かせた。

「おまえへの褒美《ほうび》のつもりじゃねえか？」

「……！」

千鶴の脳裏《のうり》に、

〝伝令、ご苦労だったな〟

あの夜の土方の声が甦《よみがえ》る。

〝先手を打てるのは、おまえの手柄だ――〟

（土方さん……）

今日、巡察について行くよう命じられた理由を、千鶴は初めて理解した。

永倉も、「……ああ」と頷き、意外そうに言う。

「らしくねえことするじゃねえか。あの人にしちゃ」

「ああ見えて、細かい気遣《きづか》いをする人なんだよ」

原田は言い、笑ってみせる。

「……」

ありがとうございます、と千鶴は心の中で土方に感謝した。

「それじゃ、ま」

永倉は千鶴の左手をとる。

「え？」

まるで幼子《おさなご》のように原田と永倉に両手を引かれ、千鶴は少し恥ずかしくなってしまったが、それより浮き立つ心が強い。頬を上気させたまま、美しい光景の中に溶け込んでゆく。

たとえいつかすべてが滅んでも、私はこの祇園会を忘れないだろう、と千鶴は思った。

元治元年　七月——。

局長の招集《しょうしゅう》を受けて、千鶴は幹部たちと一緒に広間にいた。

上座には近藤を中心にして土方と山南、向き合う形で幹部たちが座っている。彼らの後ろには隊士たちも控えていた。

永倉が口にしていた噂の通り、あれ以来京には長州の藩兵が大挙して押し寄せてきている。戦《いくさ》に巻き込まれまいと慌しく京を出てゆく人々の姿に、いやがうえにも緊張が高まってきている。

全員が集まっているのを確認して、近藤が口を開いた。

「会津藩より正式な要請が下った。長州制圧のため、出陣せよとのことだ」

「ようやくきたか！」

待ってましたとばかりに最前列の永倉が声を上げると、近藤は感無量の表情で、

「ついに会津藩も、我々の働きをお認めくださったのだ」

と目頭を押さえ、しみじみ頷いた。

「よっしゃぁ！　新選組の晴れ舞台だ！」

拳を突き上げた藤堂に、原田が右横からすかさず言う。

「平助、おまえはまだ傷が治ってないんだから、さすがに無理だろ」

「えぇぇ!?　そんなぁ！」

藤堂は大げさに顔をしかめた。左隣にいた沖田がうっすら笑う。

「怪我人は大人しく、ここで待機すべきじゃないかな？」

「そういう沖田君もですよ」

近藤の横に座っている山南がすかさず言った。

「え……」

「不服でしょうが、私もご一緒しますので」

不満顔だった沖田は、藤堂と顔を見合わせるとため息をついた。

雪村君、と近藤が千鶴に声をかける。

「君は我々と共に行ってくれるか？」

「えっ!?」

「千鶴を？」

千鶴と藤堂が同時に声をあげた。

「戦場《いくさば》に出てくれというわけではない。伝令や怪我人の手当てなどをお願いしたい。……面目ないが、今は人手が足りなくてな」

足りなくなった原因のひとりである藤堂が、小さくなって頭を掻《か》いた。

千鶴は、朝の光の中に見た池田屋の凄惨《せいさん》な光景を思い出す。血を流し、苦しんでいた隊士たち――。

怪我の手当てくらいは手伝いたいが、正直恐ろしい。

(どうしよう、私……)

迷いながら土方のほうを見やると、目が合った。

「無理に、とは言わん。行くか行かないかは自分で決めろ」

(……)

「私――」

千鶴は土方からほかの幹部、そして隊士たちへと目を移してゆく。心が決まった。

「私でも、何かのお役に立てるなら……行きます」

きっぱり言い切る千鶴に、近藤がほっとした表情になる。

「千鶴、オレたちの分もしっかり働いてこいよ！」

励ます藤堂に、

「う、うん。頑張るね」

千鶴は拳を突き上げる真似《まね》をしてみせた。それを見た山南が、

「遊びに行くのではありませんよ。くれぐれも、みなの足を引っ張らないように」

と、千鶴をたしなめる。

「は、はい！」

「よし！　いっちょやったろうぜ！」

永倉が立ち上がり、隊士たちを鼓舞《こぶ》した。「うおおっ！」といっせいに声があがる。新選組は、再び活躍の場を得たのだった。


ひとり広間を出てきた山南は、廊下の曲がり角で立ち止まる。

左腕の傷はとうに塞がっていた。

（刀さえ使えれば……）

山南は――これまでにもう幾度《いくど》となく繰り返してきたことだが――、指を動かそうとやってみた。とたんに痺《しび》れと痛みが走り、うまくいかない。

「……」

広間からまだ聞こえている隊士たちの雄々しい声に、彼は目を伏せた。

翌日、新選組の隊士たちは屯所の中庭に隊列を組み、刻《とき》を待っていた。額に巻いた鉢金の布の白さがまぶしい。すでに夏の日は高く、むせ返るような暑さだが、誰も流れる汗を拭おうともしない。

隊士たちに向き合った近藤が声高く叫んだ。

「我ら新選組は、これより京都守護職の命により、出陣する！」

「おおおおっ!!!」

頼もしい雄叫びが返る。

山南、沖田、藤堂が見守るなか、近藤たちは『誠』の旗を掲げ、果たすべき使命に胸を張って屯所を出てゆく。

千鶴はこれからの日々を思うだけで緊張に震えそうだったが、まっすぐに顔を上げると列の最後尾について歩き出した。

第四章

出陣する隊士たちが朝の光を浴《あ》びながら行ってしまうと、それを見送っていた藤堂《とうどう》が未練がましく言う。

「あ～あ、オレも行きたかったなあ。屯所《とんしょ》で待機とか、退屈すぎ」

同じ留守番組の沖田《おきた》は、それを聞いてふっと笑う。山南《さんなん》も笑みを見せたものの、ひどく自嘲《じちょう》的《てき》なものだった。

「君は傷さえ癒《い》えれば、すぐに表舞台に戻れますよ。それに比べて私は……」

目を伏せ、怪我《けが》をした左腕を袖《そで》の上からさすってみせる山南に、藤堂は気まずそうな表情になる。

「……」

「ま、大人しく寝てろってことだよ」

沖田は言い、さっと踵《きびす》を返すと屋内に戻ってゆく。

「……ちょっ、待てってば、総司《そうじ》――っ！」

慌《あわ》てて藤堂がばたばたと沖田を追って行った。ひとりその場にとり残された山南は、ふたりを気にするでもなく、つい今しがた隊士たちが歩いて行った小路《こうじ》にぼんやりと目をやる。夏の日差しはすでに強く、彼自身も頻繁《ひんぱん》に通る路《みち》だというのに、いつもよりやけに白々《しらじら》と見えた。焦燥《しょうそう》が胸に渦巻《うずま》く。あの薬……、と山南は思った。

（……あの薬を使えば、私も再び剣を取ることができるかもしれない）

さすっていた右手にギュッと力をこめ、彼は不自由な左腕を握った。

新選組《しんせんぐみ》が伏見奉行所《ふしみぶぎょうしょ》へ到着すると、門番の報《しら》せで役人が何事かという顔で出てきた。近藤《こんどう》が一歩進み出て声を張る。

「会津《あいづ》中将松平容保《まつだいらかたもり》様お預かり、新選組。京都守護職の要請《ようせい》により、馳《は》せ参じ申した！」

隊士たちはみな、誇《ほこ》らしげに胸を張る。

千鶴《ちづる》は奉行所までの道すがら、新選組に出動命令を下した松平容保という人物が会津藩主であるのはもちろんのこと、京都守護職の長も兼任していることを原田《はらだ》たちから聞いていた。千鶴たちからすれば雲の上の人だ。隊士たちが胸を張りたくなるのも頷《うなず》ける。

ところが、近藤の口上《こうじょう》を聞いた当の役人は、

「要請だと……？　そのような通達は届いておらん」

と、眉《まゆ》をひそめた。

「……!?　しかし、我らには正式な書状もある！　上に取り次いで頂ければ――」

「取り次ごうとも回答は同じだ」

声を荒げた近藤を遮《さえぎ》り、役人は吐き捨てる。

「さあ、帰れ！　壬生狼《みぶろ》ごときに用はないわ！」

「っ……！」

近藤は目をむいて絶句した。

「ひどい、そんな言い方って……！」

千鶴も思わずそう呟《つぶや》き、悔しさに唇を噛《か》んでいると、誰かが後ろから肩を軽く叩《たた》いた。

「……原田さん」

振り向いた千鶴に、原田は口の端で小さく笑ってみせる。

「ま、おまえが落ち込むことじゃないさ。俺たちの扱いなんざ、こんなもんだ」

「でも……」

「所司代は桑名藩《くわなはん》の仕事だ。俺らが下手《へた》に騒げば、会津の顔を潰《つぶ》しちまうかもしれないしな」

「あ……」

そうか、と千鶴はハッとする。所司代は守護職の配下ではあるが、別々の藩が務めているとなれば、いろいろと事情もあるのだろう。

そのとき、列の後ろについていた斎藤《さいとう》が進み出て、近藤に耳打ちした。

「近藤局長、所司代では話になりません。……奉行所を離れ、会津藩と合流しましょう」

「うむ……。それしかないな。ここは守護職が設営している陣を探そう」

近藤は渋々といった顔で頷きながら、斜め後ろにいた土方《ひじかた》を見やった。千鶴から何人かおいた横にいる土方が、無言で頷き返す。

「……」

せっかく伏見まで来たのにこれからどうなるんだろうと思いながら、千鶴は土方の厳しい横顔をそっと見つめた。


河原《かわら》に転がる石が、歩き疲れた足の裏にごつごつと当たる。水の流れは穏《おだ》やかだが、早くも夕焼けに染まり出した空を映していた。

伏見奉行所から会津藩邸に回った新選組は、ここ九条《くじょう》河原へ向かうよう指示されたのだ。暑さのなか千鶴も朝から歩きづめだったが、緊張のためかさほど疲労は感じなかった。

河原には陣幕が張られ、会津藩の旗印が見てとれた。近藤はさっそく陣営前で名乗りを上げ

たが、

「新選組？　我々会津藩と共に待機？」

「そんな沙汰《さた》は受けておらんな。すまんが藩邸に問い合わせくれるか？」

今度も応対に出た数人の藩士たちは、ただ怪訝《けげん》そうに顔を見合わせるばかりだ。

「また……？」

千鶴はあ然としてしまう。藩邸へ直接掛け合ったというのに、なぜこんなに連絡が悪いのだろう。

藩邸に問い合わせろと言われ、とうとう堪忍袋《かんにんぶくろ》の尾が切れた永倉《ながくら》が声を荒げる。

「――あ？　おまえらの藩邸がな、新選組は九条河原へ行けって言ったんだよ！」

近藤はそれをすかさず手で制すると、藩士たちに向かって取りなすような笑顔を作る。

「陣営の責任者と話がしたい。……上に取り次いで頂けますかな？」

「…………」

不機嫌に黙り込む藩士たちを、土方たち幹部が威圧的な目つきでじっと見つめる。千鶴は不安げに双方を交互に見ながらなりゆきを見守っていたが、やがて藩士たちが折れた。彼らは取次ぎのため、陣幕の内側に消えて行った。

新選組に与えられたのは、陣営の隅の一角だった。隊士を休ませ、幹部たちは篝火《かがりび》の前で待機することにする。

千鶴は筵《むしろ》を敷いただけの河原に座り、斎藤、原田、永倉と共に、様子を探《さぐ》りに行った井上《いのうえ》を待っていた。夜になったとはいえ、火を焚《た》いているせいもあってあたりはむっとする暑さだ。

と、井上がさりげなく戻ってきて永倉の隣に座った。

「どうやらここの会津兵たちは、主戦力じゃなく、ただの予備兵らしい」

「……？」

千鶴は、見張りに立っている会津兵にそっと目をやる。

「会津藩の主だった兵たちは、蛤御門《はまぐりごもん》の方を守っているそうだ」

「それは、新選組も予備兵扱いってことですか？」

千鶴が訊《たず》ねると、井上は頷いた。

「必然的に、そうなるね」

「……屯所に来た伝令の話じゃあ、一刻を争う事態だったんじゃねぇのか？」

永倉が不満顔で言うのに、斎藤は、

「状況が動き次第、即座に戦場へ馳《は》せる。今の俺たちにできるのは、それだけだ」

と、あくまで冷静だ。

「……はい」

返事をしつつ、千鶴は気持ちを引き締める。

（今夜は一晩中、気が抜けなさそう……）

筵にきちんと座り直す千鶴を見て、原田がいたずらっぽく笑った。

「千鶴、休むなら言えよ？　俺の膝《ひざ》くらいなら貸してやる」

「あ、いえ、大丈夫ですっ」

慌てて首を振ったときだった。

陣営の責任者と話をしに行っていた近藤と土方が戻ってきた。ふたりとも疲れた顔をしている。主戦力ではないここの藩士たちからもうまく受け入れてもらえなかったのだろうか、と千鶴は複雑な気持ちになった。

気を張っていたものの、昼間の疲れが出たのだろう。空が白《しら》み始めるころ、千鶴は座ったまままついうとうとしてしまった。

気づいた原田がフッと笑みを漏らす。斎藤も千鶴に目をやり、口元を微《かす》かに緩《ゆる》ませた。そのとき突然、

ド――――ンッ!!

砲声《ほうせい》が響き渡った。

千鶴はハッと目を覚まし、思わず空を見上げる。

(なに、今の……大砲の音?)

町のほうから、人々の争うような声が聞こえてきた。幹部たちはすでに立ち上がり、厳しい表情で頷きあっている。

「行くぞ」

斎藤に声をかけられて、

「あ、はいっ!」

千鶴もあわてて立ち上がり、すでに走り出している幹部と隊士たちの後を追う。だが陣営を出たところで、会津藩士たちが背後から呼び止めた。

「待たんか、新選組! 我々は待機を命《めい》じられているのだぞ!?」

すると、いつもは交渉事を近藤に任せ、自分が前面に出るのを控えている土方が振り返りざま、藩士を睨《にら》みつけて怒鳴《どな》った。

「てめえらは待機するために待機してんのか? 御所を守るために待機してたんじゃねえの

か！」

「……」

（土方さん……）

千鶴はその気迫に吸い寄せられるように土方の横顔を見つめる。

「長州《ちょうしゅう》の野郎どもが攻め込んできたら、援軍に行くための待機だろうが！」

「し、しかし、出動命令は、まだ……」

「自分の仕事にひと欠片《かけら》でも誇りがあるなら、てめえらも待機だ云々《うんぬん》言わずに動きやがれ！」

藩士に最後まで言わせず、土方はさらに声を張る。

「ぬ……！」

言葉につまる藩士からぷいと視線をそらすと、土方は風を切るように走り出した。幹部と隊士たちが続く。千鶴も河原の石を蹴《け》って後を追い始めた。

残された会津藩士たちは、しばし呆然《ぼうぜん》と彼らの姿が消えてゆくのを見ていたが、

「……よし、新選組に続けー！」

慌てて同僚たちに号令をかけた。

長州勢が京都御所を襲うつもりなら、必ず蛤御門を突破しようとするはずだ。主戦力の会津兵が配備されているのはそのためだ、と千鶴は走りながら斎藤に教えられた。あの砲声は間違いなく蛤御門のある方角から聞こえているという。

だが九条河原からひたすら北上し、土方を先頭にした新選組がようやく蛤御門に到着したとき、戦いはすでに終っていた。

立派な御門は無事だったが、あちこちに大砲を撃ち込まれた傷跡を残していた。その大砲のものだろうか、あたりは煙に霞《かす》み、燻《くすぶ》っている小さな火の手すら見える。大勢の兵士が倒れており、血まみれで呻《うめ》き苦しんでいる者も少なくなかった。折れて泥に汚れた旗には、長州藩の印である一文字三ツ星が見てとれた。

「……」

池田屋《いけだや》の凄惨《せいさん》さとは規模が違う。おそらくは数百、数千もの人々が己《おのれ》の信じるもののために争った結果がこの光景なのだろう。

(これが……戦場……)

千鶴は胸を締めつけられ、その場に立ち尽くした。

斎藤と原田が土方と頷き交わし、情報収集のために二手に散る。それを目の端で確認しながら、近藤が大きなため息をついた。

「しかし、天子《てんし》様の御所に討ち入るなど、長州はいったいなにを考えているのだ」

「まさか、ここまでやるとは……」

井上も嘆息《たんそく》を漏らした。

「うむ……」

ふたりとも、尊王攘夷《そんのうじょうい》派の長州が何故こんなことをしでかしたのか、理解し難《がた》いといった表情だ。

そのやりとりを耳にした土方が、

「天に唾《つば》した者がどうなるか、見せてやる」

ぎりっと歯軋《はぎし》りをしたとき、斎藤が駆け戻ってきた。

「朝方、蛤御門へ押しかけた長州勢は、会津と薩摩《さつま》の兵力により退けられた模様です」

「薩摩が会津の手助けねぇ……。世の中、変われば変わるもんだな」

皮肉な笑みを漏らす土方の言葉を、千鶴は黙って聞いていた。確かに、会津と薩摩が仲良くしているという話は千鶴も聞いたことがない。

「……」

そこへ、原田も戻って来た。

「土方さん。公家《くげ》御門のほうには、まだ長州の奴らが残ってるらしいぜ」

「なに……？」

土方の顔色が変わる。公家御門から御所へ討《う》ち入ろうとした連中が、まだいるらしい。続いて、いつの間にかそこにいた監察方の山崎《やまざき》が報告した。

「副長。今回の御所襲撃《しゅうげき》を扇動《せんどう》したと見られる者たちは、天王山《てんのうざん》に向かっています」

近藤が土方に向き直る。

「どうする、トシ？」

「………………」

土方に視線が集まる。が、彼は何事か思案していてすぐには応《こた》えなかった。隊士たちはじっと待っている。やがて、土方がふいに淡《あわ》い笑みを浮かべた。

「……忙しくなるぞ」

その言葉を待っていたとばかりに「うおおっ！」と隊士たちが沸き返る。土方はきびきびと命令を下し始めた。

「原田。隊を率いて公家御門へ向かい、長州の残党どもを追い返せ」

「あいよ」

勢いのある声で、原田が応える。

「斎藤と山崎には状況の確認を頼む。当初の予定どおり、蛤御門の守備に当たれ」

斎藤と山崎は無言で頷く。

「それから大将、あんたには大仕事がある。手間だろうが、会津の上層部に掛け合ってくれ」

「ん……？」

近藤は、微かに首を傾《かし》げた。

「天王山に向かった奴ら以外にも敗残兵はいる。そいつらは、商家に押し借りしながら国まで落ち延びるんだろうよ」

「ああ……」

「追討《ついとう》するなら、俺らも京の都を離れることになる。その許可をもらいに行けるのは、あんただけだ」

ようやく話が飲み込めた近藤は、

「うむ、承知した。俺がなんとしても守護職を説《と》き伏せてこよう」

と、頷いた。

土方さんの言う通り、それは近藤局長にしかできない大仕事のはずだと千鶴は思う。

でも、昨日の会津藩の対応を思い出してみれば、それも容易《たやす》いことではないのだろう。

「ああ。源《げん》さんも同行して、大将が暴走しないように見張っておいてくれ」

「はいよ、任されました」

井上が心得た様子で承知すると、近藤はばつが悪そうに苦笑する。隊士たちの間から、小さな笑いが漏れた。あながちあり得ない話ではないと思われたのだろう。

「残りの者は、俺と来い！」

土方が緩んだ空気を一気に引き締める。一瞬視線が合い、千鶴はハッとする。

（私も一緒に……）

すぐに視線ははずされ、土方は再び声を張った。

「天王山へ向かう！」

「おう」

永倉と隊士たちが雄々《おお》しく頷いた。千鶴もすぐに心をひとつにする。

「……はい！」

近藤と井上が、昨日訪れた京都守護職邸へと動き出し、原田と隊士たちは公家御門に向かって、壁伝いに急ぐ。

「行くぞ！」

土方は永倉たちを率いて先頭に立つと、天王山を目指して駆け出した。千鶴も必死で遅れまいと隊士たちの後を追った。


幹部たちが三手に分かれて出発してしまうと、後に残された斎藤が無残《むざん》な戦いの爪痕《つめあと》を見回し、ひとりごとを呟く。

「……まずは新選組として、会津の責任者に挨拶《あいさつ》をすべきか」

それを耳にした山崎が進み出た。

「よろしければ、自分が動きます。……今は上層部も混乱していますから、我々の行動を見とがめることもないでしょうが」

「では、山崎君に一任しよう。問題が生じたなら俺を呼んでくれ」

斎藤が頷いて言うと、山崎はさっと身を翻《ひるがえ》した。

それを見送り、斎藤は隊士を率いて見回りのために歩き出した。と、藩兵たちが二つに分かれてもめているのに遭遇した。会津藩と薩摩藩だ。それぞれ数百人ずつはいるだろうか。

「退け！　御門は我ら会津藩がお守りする！」

「なにを申す！　ここは我ら薩摩藩が守ったのだ！」

「なに⁉」

「会津と薩摩が手柄の取り合いか。……愚《おろ》かなことだ」

両藩士が言い争いをしているのを聞き、斎藤が呟く。

そのとき、会津藩を退けようとしていた薩摩藩士が、自分たちの横を通り抜けて行く斎藤たちの羽織《はおり》に気づいた。

「なにかと思えば、新選組ではないか。こんな者どもまで招集していたとは、やはり会津はふぬけばかりだな！　浪士の手を借りねば、戦うこともできんのか？」

挑発的な言葉に、隊士たちは顔を強張《こわば》らせた。斎藤だけが平然としている。

「世迷《よま》い言《ごと》に耳を貸すな。ただ己の務めを果たせ。状況確認の任務に徹しろ」

「……はい」

隊士たちは頷いたものの、馬鹿にされた会津藩士が黙っているわけがなかった。

「おのれ、我ら会津藩を愚弄《ぐろう》するつもりか⁉」

先頭にいた藩士が薩摩藩士たちを睨んで抜刀《ばっとう》する。応戦しようとした薩摩藩士が刀に手をかけたとき、ひとりの男が後ろの列を割って現れ、薩摩藩士たちの先頭に立った。

背の高い、がっちりとした男だ。

「貴様が相手になるか⁉」

会津藩士が刀を振り上げ、挑《いど》みかかろうとした瞬間、斎藤がスッと動いた。

「――やめておけ。あんたとそいつじゃ、腕が違いすぎる」

「……くっ」

会津藩士は悔しげな声を漏らしたが、渋々刀を引いた。

薩摩側の男は斎藤と隊士たちを一瞥《いちべつ》し、落ち着いた声で言った。

「池田屋ではご迷惑をかけましたな」

「……⁉」

「彼の額の傷は大丈夫でしたか？　加減ができずにすまなかったと伝えて下さい」

「藤堂を倒したのは、あんたか。……なるほど、それなら合点《がてん》がいく」

斎藤は静かに応えた。

「……？」

「大方、薩摩藩の密偵《みってい》として、あの夜も長州勢の動きを探っていたのだろう」

「……」

ふいに、斎藤が距離を詰めた。次の瞬間、目にも止まらぬ速さで斎藤の刀の切っ先はぴたりと男の眉間《みけん》に定められ、止まっていた。いつ抜刀《ばっとう》したのかも、刃がどんな軌跡《きせき》を描いたのかも、その場にいた隊士の目にさえ映らなかった。しかし、薩摩の男は顔色ひとつ変えず、ただ静かに斎藤を見返すだけだ。

「……あんたは新選組に仇《あだ》をなした。俺から見れば、藤堂の敵ということになる」

「……しかし、今の私には、君たち、新選組と戦う理由がありません」

少しの間、ふたりは互いの目の中を見つめ合った。斎藤はじっと男を観察するが、戦意の芽生える気配はない。むしろ凪《な》いでいるといってもいいほどの強い精神を感じる。男もまた、斎藤の瞳から揺るぎない何かを判読したようだった。

やがて、斎藤が口を開く。

「俺とて騒ぎを起こすつもりはない。あんたらとは目的を同じくしているはずだ。だが、侮辱《ぶじょく》に侮辱を重ねるのであれば、我ら新選組も会津藩も動かざるを得まい」

大きく、男は頷いた。

「こちらが浅はかな言動をしたことは事実。この場にいる薩摩藩を代表して謝罪しよう」

斎藤も得心したように頷きながら、静かに刀を鞘《さや》に納めた。

「私としても戦いは避けたかった。そちらが退いてくれたことに感謝を」

男は深々と頭を下げて感謝を表したあと、

「私は天霧九寿《あまぎりきゅうじゅ》と申す者だ。次にまみえるとき、互いが協力関係にあることを祈ろう」

ゆっくりと踵を返し、薩摩藩士たちをかき分けるようにして歩き出した。

斎藤の背に、とりあえずの面目を保った会津藩士たちの吐息が聞こえてきた。いつ戻ったのか、山崎が傍《かたわ》らに立っている。

「……天霧九寿。居合いで脅《おど》せば容易に退くかと思ったが、奴には俺の剣筋が読めていたようだな」

斎藤の言葉に、山崎は前を向いたまま訊ねた。

「何者でしょうか？」

「薩摩にも厄介《やっかい》な輩《やから》がいるようだ。……話の通じる点は救いかもしれんが」

ふたりは、天霧九寿という男が消えて行った先をじっと見送った。

原田たちが到着したとき、公家御門の前では所司代と長州の残党が激しく戦っている最中だった。所司代である桑名藩士たちは、蛤御門から移動してきたのだろう。

「長州の奴ら、まだいやがったか！」

言うが早いか、原田はその只中《ただなか》へ飛び込んでゆく。

「おまえら、御所へ討ち入るつもりなら、まず俺を倒してから行くんだな！」

種田流《たねだりゅう》の槍《やり》を構え、長州藩士たちと対峙《たいじ》した。

「くそっ！　新選組か!?」

「――死にたい奴からかかってこいよ」

原田の挑発に、長州兵が怒声《どせい》をあげ挑みかかる。

「おのれえええっ!!」

だが疲弊《ひへい》した長州勢にとって、所司代に新選組の援軍が加わった効果は予想以上に大きかった。次第に長州勢は数を減らし、追いつめられ、

「……最早《もはや》ここまでか！　退けー！」

とうとうその場に残っていた者たちが逃げ出した。所司代の役人たちは逃がすまいと声をあげる。

「逃がすな、追えーっ！」

役人たちが走り出そうとしたときだった。長州勢の最後尾にいた男がふいに足を止め、ニヤ

リと笑いながら振り向いた。役人たちはギョッとなって立ち止まる。

振り向いた男の外見は他の長州兵とあまりにも違っていた。長い髪を高い位置で縛《しば》り、肩がむき出しになる変わった服を着ている。が、役人たちが立ち止まったのは、男の手に最新式の短銃《たんじゅう》が握られていたからだった。

「ヘイ、雑魚《ざこ》ども！　光栄に思うんだな。てめえらとはこのオレ様が遊んでやるぜ！」

その言葉が終らないうちに、短銃が火を吹き、あたりに耳をつんざくような銃声が響き渡った。

男に対峙していた役人がひとり、ものも言わずにばったりと倒れる。所司代側にも数門の大砲があるにもかかわらず、他の役人たちは凍りついたように動けなくなった。

「なんだァ？　銃声一発で腰が抜けたか」

不敵な笑みを浮かべながら、鋭い瞳で睥睨《へいげい》する男に気圧《けお》されて、役人たちは思わず数歩後ずさる。が、そのとき及び腰の彼らを掻《か》き分け、原田が前に飛び出した。高く掲《かか》げた槍がビュンと風を切る。その目に恐れはなく、これから思う存分暴れることができるのが待ちきれないとでもいうように立ちはだかった。

「遊んでくれるのは結構だが……、おまえだけ飛び道具を使うのは卑怯《ひきょう》だな」

短銃を手にした男を、原田は強い視線で睨み返した。

「ハッ。長物なんて振り回して、古いんだよ」

古いと言われた原田の唇に挑戦的な笑みが浮かぶ。男がニッと笑い返す。

原田が槍をふるった。その動きは唐突だったが、男は唇の笑みも消さぬまま穂先が宙を切り裂く音を聞き、それをかわしていた。しかしほんの数本、髪が落ちる。

原田は男の舞うような動きに驚いて目を見張った。未だかつてこんな敵に出会ったことはない。

「……!?」

「……フン。てめえは骨がありそうだな。にしても正面から来るか、普通？」

男は原田に興味を感じた口調で、乱れた前髪を掻き上げた。

「小手先で誤魔化《ごまか》すなんざ、戦士としても男としても二流だろ？」

男は原田の言葉を面白がるように「ひゅう～っ」と口笛を吹いてみせる。

「……オレは不知火匡《しらぬいきょう》だ。おまえの名乗り、聞いてやるよ」

「新選組十番組組長、原田左之助《さのすけ》――」

原田が堂々と名乗りをあげたとき、それまで隙《すき》をうかがっていた役人が不知火匡と名乗った男の横から斬《き》りかかった。が、不知火は相手を見もせず短銃を発射する。再び銃声が響き、役人は肩を射抜かれてその場に倒れ伏した。

不知火は「ふっ」と鼻で笑い、遠巻きに自分を見ている役人たちに視線を巡らせる。

「……命拾いしたな、てめえら」

腰の革帯《かわおび》に短銃をしまうと、もう一度軽蔑《けいべつ》のこもった目で周囲を見回し、それからまだ油断なく槍を構えたままの原田に向き直った。

「今日のところはここまでにしてやる。新選組の原田左之助。——次は殺す。オレ様の顔をしっかり覚えておくんだな」

それだけ言うと、不知火は、風のように身を翻して消えた。

「忘れるかよ。不知火匡《と》……。俺の槍を避けられた奴は、おまえが初めてだぜ」

ようやく構えを解いた原田は、槍を手に不敵な微笑《びしょう》を浮かべていた。


土方たちは天王山に向けてひたすら南西の方角へ走り続けていた。千鶴は遅れまいと必死だったが、次第に永倉や隊士たちの最後尾に落ち、苦しい息を漏らしていた。

大坂《おおざか》との境近くにある天王山がようやく正面に見えてきたころには、すでに日は高く上っていた。

突然、新選組の行く手に人影が見えた。

「ん……？」

降ってわいたような現れ方に、先頭を走っていた土方が隊士たちに止まるよう手で合図すると、前方をじっと見つめた。

こちらを見据えて立っているのは若い男だ。襟足《えりあし》あたりで切られた髪、人を蔑《さげす》むような目つき──思わずぞくりとするような空気をまとっていた。

「うぎゃあっ!?」

そのとき、土方の命ですぐに止まらず男に近づいてしまった血気盛んな隊士が、物も言わずに振り上げた刃を浴び、その場に倒れた。男は自分が斬り伏せた隊士に注意を払うでもなく、土方たちから視線をはずさずにいる。

「おい、大丈夫か!?」

永倉が声をあげ、あわてて倒れた隊士を抱き起こす。最後尾にいた千鶴も列の前へと駆け出して来て、永倉から隊士を引き受けると、傷の具合を調べた。左肩がかなりの量の血に染まっている。

「……!」

袂《たもと》から清潔な手拭《てぬぐ》いを出すと、手早く止血《しけつ》の処置をする。そうしている間にも、男は千鶴たちにゆっくりと近づいてきた。

「その羽織は新選組だな。相変わらず野暮《やぼ》な風体をしている」

愚弄された隊士たちがいきり立つ。

男の声に思わず顔を上げた千鶴はハッと目を見開いた。池田屋のあの薄い月明かりのもと、冷笑を浮かべながら沖田と対峙していた男の姿が脳裏《のうり》に甦《よみがえ》った。

（間違いない。あのときの……！）

「その人！　あの夜、池田屋にいました！」

「なに……？」

千鶴の言葉に土方はスッと目を細め、男を睨みつけた。

「あの夜も池田屋に乗り込んで来たかと思えば、今日もまた手柄探しとは……。田舎侍《いなかざむらい》にはまだ餌《えさ》が足りんと見える」

「――っ!!」

隊士たちの数人が刀に手をかける。が、男は平然と言葉を継いだ。

「いや、貴様らは侍ですらなかったな」

「……おまえが池田屋にいた凄腕とやらか。しかし随分と安い挑発をするもんだな」

土方は男を見据えたまま、唇には凍りつくような笑みを浮かべる。

「『腕だけは確かな浪人集団』と聞いていたが、この有様《ありさま》を見るにそれも作り話だったようだな」

ちらりと自分が斬った隊士を見下し、男も唇の端で笑った。

（ひどい……！）

千鶴は男を上目遣《うわめづか》いに睨みつける。

「池田屋にいた男、沖田と言ったか。あれも剣客《けんかく》と呼ぶには非力な男だった」

「………」

新選組一番組組長である沖田を愚弄する言葉に、土方は怒りのあまり奥歯をぎりりと噛みしめる。

(沖田さんは非力じゃない。弱くなんかない！)

千鶴がぎゅっと拳を握ったとき、それまで控えていた永倉も感情を爆発させたように刀を抜き、

「――総司の悪口なら好きなだけ言えよ。でもな、その前にこいつを斬った理由を言え！」

苦痛に呻き声を上げている隊士を示しながら男にぐいと迫った。

「その理由が納得いかねぇもんだったら、今すぐ俺がおまえをぶった斬る！」

ふん、と男は小さく鼻で笑う。

「貴様らが武士の誇りも知らず、手柄を得ることしか頭にない幕府《ばくふ》の犬だからだ」

「……」

土方は厳しい視線を向けたまま、男の言葉を聞いている。

「敗北を知り戦場を去った連中を、なんのために追い立てようというのだ。腹を切る時と場所を求め天王山を目指した、長州侍の誇りを何故に理解せんのだ！」

気づいたとき、千鶴は男に向かって思わず言葉を放っていた。

「……誰かの誇りのために、誰かの命を奪ってもいいんですか？」

「……？」

男は初めてそこにいた千鶴に視線を当てた。千鶴は自分に向けられた男の目が一瞬ハッと見開かれたのに気づいたが、その意味まではわからない。ただ必死に男に訴える。

「誰かに形だけ守ってもらうなんて、それこそ誇りがずたずたになると思います」

「ならば新選組が手柄を立てるためであれば、他人の誇りを冒《おか》しても良いというのか？」

男はさらに千鶴を見つめて問う。

「それは……」

言葉につまる千鶴の横から、土方が怒気《どき》を含んだ口調で言った。

「偉そうに話し出すからなにかと思えば……。戦いをなめんじゃねえぞ、この甘ったれが」

「何……？」

男はぴくりと眉を動かし、手にしたままの刀の柄《つか》を握り直す。土方は続けた。

「身勝手な理由で喧嘩《けんか》をふっかけたくせに、討ち死にする覚悟もなく尻尾巻いた連中が、武士らしく綺麗《きれい》に死ねるわけねえだろうが！」

あたりの空気を震わせる語気と威圧感は、味方の隊士たちをジリッと後退させるほどの迫力に満ちていた。

「罪人は斬首刑《ざんしゅけい》で充分だ。……自ら腹を切る名誉なんざ、御所に弓引いた逆賊《ぎゃくぞく》には不要のもんだろ？」

「…………」

自分はうまく説明できなかったが、土方は誇りについて整然と語れるのだと思いながら、千鶴は黙ってそれを聞いている。新選組の仕事に、誰にも負けない誇りを持っている土方ならではの言葉なのだろう。そしてその誇りに彼は多分、命を懸けても少しも惜しくないと言い切るはずだ。

と、男が訊ねた。

「……自ら戦いを仕掛けるからには、殺される覚悟も済ませておけと言いたいのか？」

「死ぬ覚悟もなしに戦を始めたんなら、それこそ武士の風上にも置けねえな。奴らに武士の誇りがあるんなら、俺らも手を抜かねえのが最期《さいご》のはなむけだろ？」

言い終わると同時に、土方は男に向けてすらりと刀を抜き放つ。

死ぬ覚悟はできている――。

千鶴は土方の目に言葉にならない強い信念《おもい》を見、胸を震わせた。そして、土方と男の抱える想いは、決して相容《あいい》れないものなのだと感じ取る。

土方はそのまま男に挑みかかるかに思えたが、同じように柄に手をかけた隊士たちに気づくと声を荒げる。

「てめえら、自分の仕事も忘れてんのか」

あたりの空気がビリリと震えた。すぐに意味を理解した永倉が、前方にそびえる天王山に一瞥《いちべつ》をくれる。

「土方さんよ。この部隊の指揮権限、今だけ俺が借りておくぜ！」

土方が男を見据えたまま頷く。永倉は刀を納めると、隊士たちに向かって檄《げき》を飛ばした。

「……いいか、おまえら！　今から天王山目指して全力疾走《しっそう》再開だ！」

「おお！」

隊士たちと共に走り出した永倉が、怪我人を介抱《かいほう》する千鶴を振り返る。

「そいつを頼んだぞ」

「はい！」

男は、自分の脇を通り抜けて行く永倉たちを苛立《いらだ》ちのこもった目で追う。

「貴様ら……！」

「おっと、余所見《よそみ》してんじゃねえよ。真剣勝負って言葉の意味も知らねえのか」

すかさず土方が、刃の切っ先を突きつけた。

「で、おまえも覚悟はできてるんだろうな。——俺たちの仲間を斬った、その覚悟が」

男は土方にうっすら笑ってみせ、

「……口だけは達者らしいが、まさか俺を殺せるとでも思っているのか？」

いきなり土方におどりかかった。

千鶴が息を飲んだ瞬間、男をかわした土方の刀が、反撃に出た。男がガッキと受け止める。土方の刀を払いのけざま、男が斬りつける。土方が弾く――。やがて鍔《つば》迫《ぜ》り合いになったふたりは、睨み合ったまま動かない。

（……っ）

千鶴は、研ぎ澄まされた殺気にただ目を見開き、見つめるばかりだった。

と、拮抗《きっこう》していた力が男に傾いた。一瞬の隙をつき、男の刀が閃《ひらめ》く。土方が払う。次の動きを読んでいたかのような動きで、男は千鶴と隊士のいるほうへ向けて刀を放した。

空《くう》を切り裂き、音を立てながら飛んでくる刃に、千鶴はとっさに怪我をした隊士を庇《かば》って覆《おお》い被さった。

「……っ⁉」

刀は伏せた身体の右側にそれたかに思えたが、二の腕に慣れない感覚が走る。斬られた、と悟《さと》ったときには、目の前の民家の壁に刺さっていた。

切れた袖の下を伝って、鮮血が二筋、三筋、流れ落ちる。

「っ⁉」

土方の振り返る気配に、千鶴はハッとした。袖の切れ目を合わせるようにしながら左手で傷を覆い隠す。

「……」

千鶴は土方の目を避《さ》けながらも、自分に注がれるもうひとつの視線を感じていた。敵の男も、自分の刀の行方《ゆくえ》と共にこちらの様子を窺《うかが》っているのだろう。

そのときふいに、千鶴の横から男の腕が伸びてきて、壁に刺さった刀を引き抜いた。

「っ!?」

いつ近づかれたのか、まるで気づかなかった。身を硬くしていると、

「風間《かざま》、そこまでです」

千鶴は、そっと後ろに視線を巡らせる。

土方と戦っていた男は風間というらしい。

「……」

風間は不機嫌そうな面持ちで、男が軽く放った刀を受け取った。後から現れた男は身体が大きく、武器をなにも手にしていなかった。

「薩摩藩に与する我らが、新選組と戦う意味がないことぐらい百も承知のはず」

「フン……」

風間は刀を鞘に納めると、それきり興味を失ったように土方たちを置き去りにして歩き出す。

それは、言いかえればこの男には斬られることがないと高《たか》を括《くく》っている、小馬鹿《こばか》にした態度に他ならなかった。

「……」

土方は苛立った表情のまま風間を見送る。と、なにを思ったか、風間がほんの一瞬千鶴を見た。敵意とも言えないその意味ありげな視線に、千鶴の心に漠然《ばくぜん》とした不安のさざ波がたつ。

「……」

後から現れた男が礼儀正しく黙礼し、風間に続いて去って行く。千鶴はふたりの足音が遠ざかるのを背中で聞いていた。土方は男たちと十分距離が開くのを油断なく見届けると、

「大丈夫か？」

さっと納刀《のうとう》し、手当てをしようと千鶴に急いで近づいてきた。

「!?　自分で出来ます！」

思わず語気を強めて遮ると、千鶴は傷をしっかりと隠す。土方は怪訝そうに千鶴を見ていたが、

「これを使え」

と、手拭いを差し出した。

「あ……ありがとうございます」

千鶴は土方の心遣《づか》いに感謝しながらも、左手は離さない。傷を受けたときに伝い落ちた血がついたままの右手で、それを受け取った。

夕日が沈みかけていた。赤あかと染まる天王山の木々の間を、土方が登ってくる。少し遅れて、怪我をした隊士を支えた千鶴が続いていた。隊士の左肩と千鶴の右腕には手拭いが巻かれたままだ。

山腹まで来ると監察方の島田《しまだ》が、土方を見つけて駆けつけてきた。

「ご無事でなによりです」

島田はすぐに千鶴に代わって怪我人に肩を貸してやる。二番組の伍長《ごちょう》も兼ねている彼は、ここで山頂へ登った永倉たちの帰りを待っているという。

そのとき、

「土方さん！」

山道の上のほうから、永倉と隊士たち数人がちょうど戻ってきた。

「……上に行ったら、長州の奴ら、残らず切腹して果ててたぜ」

（切腹……）

「……」

予想していたこととはいえ、千鶴は顔を曇《くも》らせた。が、土方は薄い笑みさえ浮かべている。

「自決か。敵ながら見事な死に様《ざま》だな」

「え？　いいんですか……？」

風間には、自ら腹を切る名誉など逆賊には不要だと言っていたはずだった。

「新選組としてはよくねえよ。奴らに務めを果たさせちまったんだからな。だが、潔《いさぎよ》さを潔しと肯定《こうてい》するのに、敵も味方もねえんだよ」

「敵も味方もない……」

「わかるか？」

問われて、千鶴は一生懸命考えた。武士の誇りの話だろうか。

「えっと……。わかるような、わからないような、です……」

正直に返答すると、土方の表情が、ふっと柔らかくなる。

と、まだ上に残っていた隊士たちが口々に何ごとか叫びながら駆け降りてきた。

「京の町が、燃えてるぞ！」

「あっちだ！」

（町が燃えてる⁉）

土方が、隊士の指さす北東の方角が望めそうな脇道へと飛び込む。永倉と島田、千鶴たちも続いた。

「……っ⁉」

切り立った崖の上から京の町を見下ろし、千鶴は思わず口元を押さえた。それは今まで見たこともないような大火だった。幼い頃の記憶があいまいなせいか、江戸《えど》の大火のことは覚えがない。

「長州の奴ら、火を放ちやがった……」

永倉が呟いた。

暮れなずむ天を焦《こ》がす炎が、夕日よりも赤く京の町を包んでいる。千鶴たちはなす術《すべ》もなく、燃える町をただ呆然と見下ろしていた。

第五章

元治元年　八月――。

御所《ごしょ》に討ち入ろうとして幕府側に退けられた長州《ちょうしゅう》藩士が京の町に火を放ってから、ひと月がたとうとしていた。

ようやく涼しさが感じられるようになった朝、藤堂《とうどう》は食事のあとで近藤《こんどう》に呼ばれた。『禁門《きんもん》の変《へん》』と呼ばれるようになったあの事件のときに留守番をする原因になった額《ひたい》の傷も、今ではすっかり癒《い》えている。

近藤の部屋では、土方《ひじかた》と山南《さんなん》が一緒に待っていた。藤堂が三人の正面に腰を下ろすなり、中央に座っている近藤が話を始めたが、それは藤堂と北辰一刀流《ほくしんいっとうりゅう》の同門である伊東大蔵《いとうおおくら》をここに迎えようというものだった。

「じゃあ、伊東さんを新選組《しんせんぐみ》に……」

藤堂は伊東の顔を思い浮かべるようにして言った。

「うむ。伊東さんが腕の立つ剣客《けんかく》であり、優《すぐ》れた論客《ろんかく》でもあることは、平助《へいすけ》も山南君も認めているようだしな」

近藤が山南に水を向けると、右隣に座っていた山南が頷いた。

「ええ。しかし、伊東さんは水戸の流れを汲む尊王派《そんのう》。我ら新選組と相容《あいい》れるかどうか……」

「なに、義《ぎ》を以《も》って話をすれば、必ずや力を貸してくれるに違いない」

近藤は疑いを差し挟まぬ力強い口調で言うと、ふたたび藤堂に目を向ける。

「平助、伊東さんと同門であるおまえに橋渡しをお願いしよう。いずれ俺も江戸《えど》に行くからな」

「わかった」

藤堂がふたつ返事で引き受けると、隣で山南が不安げに眉《まゆ》を曇《くも》らせていることにも気づかず、近藤は期待に満ちた明るい笑みを浮かべる。土方だけがそっと山南の横顔を窺《うかが》っていた。

その日、千鶴《ちづる》は斎藤《さいとう》率いる三番組の昼の巡察に同行していた。『禁門の変』の大火のあと、巡察に同行するのは初めてだった。京《きょう》や大坂《おおざか》では敗残兵の残党狩りが行われ、新選組もこれに加わっていた。御所に弓引き朝敵扱いとなった長州は、江戸藩邸も没収されたと聞いている。

八月に入ってすぐ、勅命を受けた幕府《ばくふ》からは長州征伐令も出され、世の中はまさに騒然としていた。

焼け出され、着の身着のまま路上で生活している者、家族と生き別れた者たちの表情を目にする度に、千鶴の心は痛んだ。

わずかに残った家屋の柱や、燃え残りの材木で作られた立て看板には、家族や親しい者の消息を訊《たず》ねる張り紙が何枚も見られる。もうずいぶん日がたつというのに、焦《こ》げ臭い匂いがまだあたりにたちこめていた。

（ほんとに、みんな燃えてしまったんだ……）

荒れ果てた町に、千鶴は視線を巡らせた。聞けば、北は一条通《いちじょうどおり》から南は七条《しちじょう》のほうまですっかり火にやられたという。

祇園会《ぎおんえ》で見たあの山鉾《やまほこ》もほとんどが燃えてしまったらしい。

（あんなにきれいだったのに……）

儚《はかな》い夢のようだった、と千鶴は思う。土方の気遣《きづか》いで思いがけなく原田《はらだ》たちと一緒に見物することができたあの美しい祇園会の光景が、脳裏《のうり》をかすめて消えた。夢も栄華も、それが美しければ美しいほど移ろいやすいものなのかもしれない。ましてやこんな戦の世なら、それは一瞬で散ってしまうのだろう。

千鶴はふと、人だかりができている尋ね人の札所に目を止めた。現実が頭の中に戻ってくる。

千鶴は、斎藤に声をかけた。

「あの、斎藤さん……」

「どうした？」

「あそこにいる人たちに、ちょっと話を聞いてきてもいいですか？　もしかしたら、父様《とうさま》のことをご存じかもしれません」

千鶴は札所を指さして見せた。

「……あまり時間は割《さ》いてやれぬが」

「はい！」

頷《うなず》くが早いか、千鶴は駆け出していた。

しかし、誰に訊ねてみても、綱道《こうどう》らしき人物を知っているという者はいなかった。人々から見れば、千鶴もまた火事で父親と生き別れた若者に見えたかもしれない。待っていてくれた斎藤と合流した千鶴の足どりは自然、重いものになった。

「……」

屯所《とんしょ》への帰り道、肩を落とし俯《うつむ》く千鶴を、斎藤がちらりと見た。

「大丈夫か、雪村《ゆきむら》」

「あっ、はい」

ぼんやりしていた千鶴はハッと顔を上げる。

「……具合が悪くなったら、すぐに言え」

「え……？」

「無理をして、倒れられても困る」

ぶっきらぼうな物言いに、千鶴は一瞬返答につまったが、すぐにそれが斎藤らしい心遣いなのだと気づく。いまの自分には、なによりもうれしい。

「ありがとうございます」

荒れ果てた町を歩きながら、千鶴は微笑《ほほえ》んだ。


数日後、千鶴が中庭の井戸端で洗濯をしていると、

「あ、いたいた。千鶴！」

廊下をばたばた走ってくる足音と共に、藤堂の声がした。

振り返ると、彼は旅支度《たびじたく》を整えている。千鶴はたらいをそのままにして立ち上がった。

「おまえの江戸の家を教えてくれない？」

「いいけど、どうして？」

藤堂が手にしている菅笠《すげがさ》に目をやりながら、千鶴は訊ねた。

「隊士募集のため、江戸へ行くことになったんだ」

「隊士募集で江戸へ？」

「このところのオレたちの働きが認められて、新選組の警護地が広がっちゃったからさ」

誇らしげな藤堂の口調に、千鶴の表情もぱっと明るくなる。

「そうなんだ、すごい！」

「綱道《こうどう》さんのこともできるだけ調べとくから、期待して待っててくれよ！」

「うん。ありがとう」

千鶴は藤堂から矢立《やたて》の筆を借りると、差し出された半紙に診療所のある通り名や目印などを丁寧に書き記した。

「お願いします」

畳《たた》まれた半紙と筆を受け取ると、藤堂はそれを懐《ふところ》にしっかりとしまいこむ。

「じゃあ、行って来る！」

「気をつけてね」

千鶴は足どりも軽く出立してゆく藤堂を笑顔で見送る。

もしかしたら父様は自分と入れ違いに江戸に戻っているかもしれない――。望みをつなぎながら、千鶴は洗濯の続きを始めた。

いつの間にか山茶花《さざんか》が紅色《べに》の蕾《つぼみ》をつけている。

廊下からそれを見つけた山南は、中庭にひとり下りてみた。固い蕾は花より色濃く、まるで血のように赤く見える。

頬《ほお》を撫《な》でる風に秋の深まりを感じながら、山南は江戸に出かけて行った近藤や永倉《ながくら》のことをぼんやりと思った。

山茶花の蕾に左手を伸ばしてみる。が、指先が届かぬうちに鋭い痛みが走り、山南はすぐに腕を下ろしてしまう。

「……」

痛む腕を右手でかばいながら、彼は差し迫るなにかを見極《みきわ》めようとするかのように、じっと虚空《こくう》を見つめた。

そのころ、江戸に到着した近藤は、藤堂の引き合わせで伊東と会っていた。

近藤たちと対座した伊東は色白の男で、仕草は物柔らかだがその聡明さが言葉の端々から迸《ほとばし》るように伝わってくる。

「――夷敵《いてき》の脅威が差し迫る中、互いに手を組み、協力し合って、国を護るべきだと思いますわ」

「まったくもって同感です！」

近藤は感激して大きく頷いた。剣の腕は申し分ない。そのうえこれほど博識な男を参謀《さんぼう》として新選組に迎え入れることができるのだと思うと、心が躍った。

「誠の攘夷《じょうい》のため、命尽きるまで共に闘いましょう」

「伊東さん！」

藤堂と伊東の門弟たちが見守るなか、ふたりは力強く手を握り合った。

山南は、夜が更《ふ》けてから自室のある八木邸《やぎてい》の屯所を出て、すぐ前の前川邸《まえかわてい》に入った。

ここは八木邸同様に新選組で借り受けた屋敷だが、ある目的で人払いしてあるため平隊士が近づくことはなかった。

棚には書物などがぎっしり並び、床の上にも研究資料が積んである。隅に据《す》えられた蘭引《らんびき》からは、蒸留《じょうりゅう》された水滴がぽたりぽたりと落ちる音が聞こえていた。

山南は文机《ふづくえ》の前に座り、先ほどから熱心に片口鉢《かたくちばち》を使って薬の調合を行っていた。

(これで、よし……)

白磁器の小さな皿の隣からギヤマンの器を取り、出来上がったばかりの薬を注《そそ》いでみる。と、そのとき控えめな声が聞こえた。

「山南さん。まだ起きてるんですか?」

「沖田君《おきた》ですか。入ってかまいませんよ」

山南は穏《おだ》やかに返事をする。もとよりこの部屋の存在は一部の幹部にしか知らされていない。

沖田は静かに障子《しょうじ》を開けて入ってくると、慣れた様子で山南の後ろに腰を下ろした。

「熱心ですね。研究のために身体《からだ》壊しちゃ元も子もないですよ」

「身体なら、とっくに壊れていますよ」

山南は自虐的《じぎゃくてき》な笑みを唇に浮かべると、たった今調合したばかりの薬を硝子の小瓶に詰めた。

「理論的には、これで副作用は抑えられるはずですが」

小瓶を手に、振り返る。沖田は薬と山南を交互に見、

「自信があるなら止めないですけど。……『失敗』したら僕が斬《き》ってあげますよ」

と笑う。

「……」

山南はそれを軽口《かるくち》と受け取ったのかどうか、薬の入った小瓶を行灯《あんどん》の明かりにかざす。

透《す》かし見るそれは血のような真紅で、妖しく誘うように揺れていた。


元治元年　十月――。

冬の訪れも間近になってきたころ、伊東到着の報《しら》せを受けて、近藤と土方は新選組の屯所で彼らを迎えた。伊東は江戸で『大蔵』と名乗っていたが、上洛に際して名を『甲子太郎《かしたろう》』と改めていた。

永倉と原田、斎藤と沖田は中庭の物陰からそっと玄関の様子を窺《うかが》っている。山南だけは廊下

に立ったままだ。

「あれが伊東さんだ」

永倉が顎《あご》をしゃくる。門弟《もんてい》数名を従えた伊東甲子太郎は、近藤の熱烈な歓迎を受けているところだった。

「伊東さんは尊王攘夷派の人間と聞いたが、よく新選組に名を連ねる気になったものだな」

「長州の奴らと同じ考えってことか。そんな人間が俺らと相容《あいい》れるのかね」

斎藤と原田が話していると、思い出したように永倉が廊下を振り仰ぐ。

「そういや、山南さんは伊東さんと知り合いなんだろ？」

「ええ。伊東さんは学識も高く、弁舌に優《すぐ》れた方ですよ……」

山南は無愛想《ぶあいそう》にそれだけ応えると、にこりともせずに廊下の暗がりへと消えて行った。

その素っ気なさに皆はしばらく呆然《ぼうぜん》としていたが、

「山南さん、最近ますます愛想ないよな」

永倉が言う。原田もため息交じりに頷いた。

「ああ。ここんとこ、滅多《めった》に話もしねえ。まあもともと無駄口叩くような人じゃねえけどな」

伊東たちが屯所内へ入ってゆく。

「…………」

沖田はそれをじっと目で追っていた。

その夜、近藤は上洛《じょうらく》した伊東のために歓迎の席を設《もう》けた。土方と山南だけが同席するささやかな宴《うたげ》だったが、上座《かみざ》の近藤はひどく上機嫌だった。

「いやあ、愉快《ゆかい》愉快。隊士が増えるのは嬉しいものだ。それが有能な人材なら尚更《なおさら》」

「まあ、そんな。ほほほ」

近藤と並んで座っている伊東がとってつけたような高笑いをする。部屋の出入り口を背に伊東の門弟たちと向かい合っている土方が、伊東を横目でちらりと見た。

と、伊東が土方の左隣にいる山南に目を移し、

「新選組は規律が厳しくていらっしゃるんでしょう？　いろいろ教えて頂かないといけませんわね」

「滅相《めっそう》もない。私から伊東さんに教えるなど……」

山南は居心地悪そうに苦笑する。天然理心流《てんねんりしんりゅう》の前に小野派《おのは》一刀流の剣を修めていた山南は、同じ一刀流ということで伊東と面識があった。

「あら、謙遜《けんそん》なさるなんて山南さんらしくありませんこと」

伊東は、山南が自分から目をそらしても微笑《びしょう》を消さず、今度は徳利《とっくり》を持ち上げて土方に話し

かける。

「おひとついかがです？」

「いや、結構」

酒を飲まない土方はそれを手で制した。

「土方君は隊士からの人望も厚く、実行力があると聞いていますわ。これから、よろしくお願いしますね」

「……ああ」

土方が目を伏せたまま返事をしたとき、

「失礼します」

襖《ふすま》が開いて、千鶴が空いた器を下げに入ってきた。小鉢や徳利《とっくり》を手早く盆に載せると、そっと出てゆく。伊東は抜け目ない視線で千鶴を観察していたが、ほろ酔いの近藤に酒を注がれると、満面の笑顔でそれを飲み干してみせた。


千鶴は下げてきた徳利を井戸端へ運ぶと、たらいの水にとぷんとぷんと浸けてゆく。今夜は酒肴《しゅこう》を拵《こしら》えるのも酒の燗《かん》もほとんどひとりでこなしていたので忙しかった。

（でも、隊士の人が増えるのは嬉しいな……）

そのとき、

「もし、あなた」

背後からふいに声をかけられ、千鶴はドキッとした。

「っ!?　な、なにか？」

振り返ると、伊東が立っている。

「あなたは――」

伊東は小首を傾《かし》げるようにし、まじまじと千鶴を見た。

「隊士？　……ではありませんよね？」

「……」

千鶴は返答に困り、思わず数歩後ずさったまま動けなくなる。が、伊東の背後に目をやり、ハッとした。

「!!」

夜の闇に白刃《はくじん》が閃《ひらめ》く。瞬間、

「っ!!」

伊東は過不足ない動きで身をかわした。

千鶴は刀を手にした沖田を見、それから刃《やいば》の上に乗っている一輪の花に視線を移すと目を見張った。今を盛りに咲き誇っている、山茶花だ。

「……せっかくの酒宴も、男所帯では華がないですからね」

沖田に刃先を向けられると、伊東は白い指で山茶花を取った。

「まあ、綺麗《きれい》なお花ですこと……」

互いの腕を確認した者どうし、強い視線を絡ませる。

異様な緊張の高まりに、千鶴は背中に寒気を感じて思わず身を縮めた。やがて伊東が何ごともなかったかのように千鶴に視線を戻し、唇を動かしかけたときだった。

「伊東さん、近藤さんが待ってるぜ。早く戻ったらどうだ？」

暗がりから土方の声がした。伊東はゆっくりと振り返る。

「……ええ。そうですわね」

そう答えながらも、さらに千鶴を一瞥《いちべつ》することは忘れない。それから微笑を浮かべると、優雅な足どりで中庭を横切り、戻って行った。

「……総司《そうじ》。やりすぎだ」

「ただの座興《ざきょう》ですよ」

伊東の背中をじっと見つめていた沖田は、土方の言葉にくすくすと笑ってみせると、歩み去った。

「……ったく」

土方は軽いため息をついたあと、千鶴に向き直った。

「平助《へいすけ》からの言伝《ことづ》てだ」

沖田と伊東のやりとりにまだ表情を硬くしていた千鶴は、ハッと我に返る。

「はい」

(父様のことだ……!)

だが土方の口から出たのは、千鶴の期待とは逆の言葉だった。

「おまえの家へ寄ってみたそうだが……綱道さんが戻った形跡はなかったようだ」

「……そう、ですか」

華奢《きゃしゃ》な肩を落とした千鶴に、土方は言った。

「平助はまだしばらく江戸だ。手がかりがあれば、また報せてくるだろう」

(土方さん……)

言い方は素っ気ないが、励ましてくれていることがよくわかる。千鶴は、精一杯の笑顔を見せた。

「はい。ありがとうございます」

土方は、わずかにほっとしたような表情を見せ、踵《きびす》を返した。

元治二年　一月——。

未明から降り出した雪が、中庭をうっすら白く染めている。新しい春を告げる健気《けなげ》な福寿草《ふくじゅそう》の黄色も、もうすぐ白一色の世界に埋もれてしまいそうだ。

湯が沸くまでの間、中庭を眺めていた千鶴は、朝稽古《あさげいこ》から戻ってきた井上《いのうえ》の姿を目にした。

隊士たちは少しくらいの悪天候では、稽古を休んだりしない。

「お茶をどうぞ」

縁側に座り、額の汗を拭いている井上に、淹《い》れたてのお茶をすすめる。

「おお。すまないね、雪村君」

井上はうれしそうに両手で湯呑《ゆのみ》み茶碗を包むと、ひと口飲んで、ふうっと白い息を吐く。

「いつも、ありがとう」

「え？」

脇に控えて座っていた千鶴は、なんのことかと井上の横顔を見た。

「客人の君に雑務をさせて申し訳ないが、実際、助かってるよ」

思いがけない感謝の言葉に、自分がお茶を飲んだかのように胸のあたりがぽうっと温かくなる。不慣れな生活のなかで、迷惑ばかりかけてしまっていると思う気持ちが強かったので、褒《ほ》めてもらえたのは意外なことだった。けれど、取り立てて言われると、やはりくすぐったい。

「お役に立てているなら、嬉しいです」

井上は、照れている千鶴を見てしみじみ言う。

「……それにしても早いものだね。雪村君が来てから、もう一年以上になるか」

（そうか、もうそんなに経つんだ……）

千鶴はすっかり白くなった庭へぼんやり目をやった。初めてここで迎えた朝にも、この庭の木々が雪帽子をかぶっていたことを思い出す。

（父様の行方《ゆくえ》は捜しても捜しても見つからないけれど――）

いろいろなことがあったが、過ぎてみればあっという間だった。

「……不便なことも多いだろうが、綱道さんが見つかるまでの辛抱《しんぼう》だよ」

「はい」

（こうやって、みんなが励ましてくれるから――私も諦めずに頑張れる）

千鶴は微笑み、井上に頷いてみせた。

ここでの暮らしに少しずつ馴染《なじ》み、ときにはこうして認めてもらえるようにもなった。

今度は私が新選組の皆さんを励ませるくらい頑張らなくちゃ、と千鶴はひそかに思った。

その日、新選組の幹部たちが集まったのは、ほの暖かい春の日が差し込む近藤の部屋だった。伊東を加えた彼らは、京の町の地図をぐるりと丸く囲んで座っていた。

「また隊士が増える予定だ。やはり早急に新しい屯所を探した方がいいだろう」

近藤が地図を覗《のぞ》き込むと、永倉が頷いた。

「雑魚寝《ざこね》してる連中、かなり辛《つら》そうだしな」

隊士を募《つの》った結果、入隊希望者はかなり増えているらしい。しかし、ただでさえ平隊士たちは現在、狭い部屋にすし詰め状態になって寝ているのだ。

「だけど僕たちを受け入れてくれる場所なんて、なにか心当たりでもあるんですか？」

「ふむ……」

沖田に訊かれ、近藤は考え込んだ。そこへ土方がたったひと言、口を挟む。

「西本願寺《にしほんがんじ》」

「!?」

あまりに意外な言葉に、近藤たちはあっけにとられて顔を見合わせた。ただひとり伊東だけが平然としている。

「……西本願寺は長州に協力的です。同意を得るのは簡単ではないと思いますが？」

山南が疑問を口にする。かつて西本願寺の僧侶たちが長州の不逞浪士《ふていろうし》を何度もかくまったことは、周知の事実なのだ。沖田がニヤッと唇の端を持ち上げる。

「まさか強引に押し切るつもりですか？」

「そのまさかだ」

土方の、さも当たり前という口ぶりに、山南が苛立《いらだ》ちを隠さずに反論する。

「僧侶の動きを武力で押さえつけるなど、見苦しいとは思いませんか？」

「山南さんの言うとおりかもな」

永倉も眉を寄せ、山南に味方した。が、土方は動じない。

「寺と坊さんをダシにして、今まで好き勝手してきたのは長州だろ？」

「……過激な浪士を抑える必要がある、という点に関しては同意しますが」

ふたりの意見をじっと聴いていた近藤は、

「トシの意見はもっともだが、山南君の考えも一理あるなあ」

と、腕組みした。しばらくの沈黙のあと、

「西本願寺でよろしいじゃありませんか」

それまで黙っていた伊東が満を持したようにきっぱりと言い切り、地図の上の西本願寺を指差してみせる。

「屯所としての立地条件もいいですし、我々が寺を拠点とすることで長州封じにもなりますわ」

「……確かに長州は身を隠す場所をひとつ失うことになる」

なるほど、というように斎藤が頷く。

「……ま、坊主どもは嫌がるだろうが。西本願寺からなら、いざというときにも動きやすいな」

「そりゃそうだが……」

原田と永倉が言い合うのに、近藤は「ふむ」と唸《うな》ったきりさらに考え込んでしまった。

再び沈黙が流れた。


障子《はし》が開き、九人分のお茶を載せた重たそうな盆を手に、千鶴がそっと入って来た。あれから早や四月《よつき》、伊東はもう千鶴にまったくといっていいほど興味を払わなくなっている。

千鶴が障子のいちばん近くに座っていた土方の前に湯呑みを置いたとき、

「しかし……正義を欠いた大義など、いずれほころびが出ます」

山南が険しい表情で言った。すると伊東は笑みを浮かべ、含みのある物言いをする。

「山南さんは相変わらず、大変に考えの深い方ですわねぇ」

「……」

山南は黙っていた。千鶴は幹部ひとりひとりにお茶を配ってゆく。

「でも、物事を推《お》し進めるには強引かつ大胆な策も必要ですわ。守りに入ろうとするお気持ちはわかりますけど」

「……守り？」

山南が怪訝《けげん》そうに聞き返した。伊東は無遠慮《ぶえんりょ》に山南を見ると、さらりと言ってのける。

「その左腕は使いものにならないそうですが――」

「!!」

山南の眼鏡《めがね》の奥の瞳が、一瞬見開かれる。

「っ!!」

千鶴も、その場にいた者たちもみな息をのんだ。大坂《おおざか》で怪我《けが》をして以来、山南の腕のことには誰も触れないようにしてきたのだ。例えそれがときに行き過ぎた気遣いであったとしても、伊東の今の発言は場の空気を一瞬にして変えてしまうのに十分なほど無神経なものだった。知ってか知らずか、伊東は続ける。

「剣客としては生きていけずとも、お気になさることはありませんわ。山南さんはその才覚と深慮《しんりょ》で、新選組を充分に助けてくれそうですもの」

千鶴は、隊士たちが一気に殺気立つのを感じていた。特に土方はそれを隠そうともせず、伊東をぎりりと睨《にら》みつける。

「――伊東さん、今のはどういう意味だ。あんたの言うように、山南さんは優秀な論客だ……

けどな。剣客としてもこの新選組に必要な人なんだよ！」

「土方君……」

弱々しく、山南が土方を制した。

「ですが、私の腕は……」

言葉を詰まらせ、彼は左手を押さえると沈鬱《ちんうつ》な表情で俯いてしまった。

「あら、私としたことが失礼致しました。その腕が治るのであればなによりですわ」

伊東は口元に手を当て、わざとらしく笑う。

「くそっ……!!」

土方は怒りのやり場をなくし、顔を歪《ゆが》めて吐き捨てる。山南が新選組にとって必要だという偽《いつわ》らざる気持ちを口にしながら、伊東にのせられて剣客としての彼を逆に傷つけてしまった自分が許せないのだろう。千鶴はもうお茶を配り終わっていたにもかかわらず、畳に膝《ひざ》をついたままその場から動くことができなかった。

そのとき、近藤が大きな咳払《せきばら》いをした。

「あー、いろいろ意見が出たが……。ここはひとつ、西本願寺で進めてみよう」

伊東はうれしそうに微笑《ほほえ》み、最初に西本願寺を提案した土方は苦虫を噛《か》み潰したような顔で黙りこくっている。

「……」

反対意見を無視された形になった山南が、静かに立ち上がる。千鶴はあわてて空《から》の盆を手にすると幹部たちに一礼し、山南のあとから廊下へ出た。

「山南さん！」

悄然《しょうぜん》とした背中に声をかけると、山南はちょっと足を止めたが、

「……秀《ひい》でた参謀の加入で、ついに総長はお役ご免というわけですね」

振り返った瞳にも、口調にも力がない。

（山南……さん……）

千鶴はそれ以上言葉を継ぐことができず、ただ歩み去ってゆく山南の後ろ姿を見つめていた。

その日の夕方、千鶴が夕食のための野菜を内玄関に運び入れていると、ちょうど外へ出てゆく伊東とその門弟たちに出くわした。

野菜籠を抱えたまま頭を下げると、伊東もにっこり微笑み、優雅《ゆうが》な会釈《えしやく》を返してきた。まるで昼間のことを忘れてしまったかのような態度に、千鶴は複雑な心境のまま、勝手場へと急ぐ。

炊事《すいじ》当番は永倉と原田だ。ふたりは竈《かま》に乗せた大鍋で湯を沸かしながら、土間の続き部屋に座っている土方と沖田、そして斎藤に背を向けたまま話をしていた。

土方はなにやら書き物をしており、沖田はそれを手伝わされているのだろう、紙束を並べたり数えたりしている。斎藤は部屋の隅で、刀の手入れにひとり余念がなかった。

千鶴が籠から取り出した葱《ねぎ》を受け取り、原田がため息をつく。

「……山南さんも可哀相《かわいそう》だよな。最近は隊士たちからも避けられてる」

「避けられてる？」

思わずオウム返しに聞き返すと、原田の奥にいる永倉が頷いた。

「誰に対しても、あの調子だからなぁ。隊士も怯《おび》えちまって近寄りたがらねぇんだ」

そうなんだ、と千鶴はひそかに思った。確かにあんなに暗い様子では避けられてしまうかもしれない。

「昔は、ああじゃなかったんだけどな。表面的には親切で面倒見が良かったし」

泥を落とした葱を渡しながら原田が言う。永倉はそれをひょいとまな板に載せた。

「だな。あんなに優しかった外面が、今は見る影もねぇや」

聞いていた千鶴は「……えっと」とすぐ隣にいた原田を迎ぎ見る。

原田はがっちりした肩をちょっとすくめて笑ってみせると、

「それにしても、伊東さんって嫌《いや》な目をしてるよな？」

と、さり気なく話を逸《そ》らした。

「ああ。気取ってるっつうか、人を見下してるっつうか……」

永倉が、ダン、と包丁で葱をまっぷたつに切る。と、それまで黙っていた沖田が口を開いた。

「僕も好きじゃないな。……相当な剣の使い手みたいだけど」

「気に食わねえ！」

隣で忌々《いまいま》しそうに吐き捨てた土方に、沖田は歌うように言う。

「じゃあ土方さんが返品してきてくださいよ。新選組にこんなの要りませんーって」

「近藤さんが許可するわけねえだろ。すっかり伊東に心酔してるみてえだしな」

すると、沖田は唇を尖《とが》らせ、

「役に立たない人だなあ！　無茶を通すのが鬼副長の仕事でしょうに」

「だったら総司、てめえが副長やれ。んで、伊東派の連中を屯所から追い出せ」

「あはは。嫌ですよ、そんな面倒臭いの」

明るく笑い、最後に「はあ」とため息をついた。

千鶴は部屋の隅でずっと黙っている斎藤に目を向ける。

「斎藤さんも、伊東さんは苦手なんですか？」

しばしの間をおいて、斎藤は無表情のまま答えた。

「……様々な考えを持つ者が所属してこそ、組織は広がりを見せるものだ。……しかし、無理な多様化を進めれば、内部から瓦解《がかい》することもある」

「……」

新選組が内部からばらばらになって崩れてしまう……。考えたくもないことだが、伊東がそれをもたらすのだとしたら本当に困ったことだ。千鶴は自分の手が止まっていることに気づき、あわてて残りの野菜を切り始めた。

深夜になって顔を出した月が、障子の外をうっすら明るませている。千鶴はなかなか寝つけず、布団《ふとん》のなかで考えごとをしていた。頭に浮かんでくるのは、やはり山南のことだ。

（……腕を治すことができれば）

腕さえ治れば、きっと元の山南に戻れるのだろう。どうすれば、と考えかけた千鶴の脳裏に、いつか聞いた沖田の言葉が甦《よみがえ》る。

――薬でも何でも使ってもらうしかないですね。山南さんも、納得してくれるんじゃないかなあ。

（あのとき言っていた薬なら……）

山南の腕を治せるのかもしれない、と千鶴は思う。

（でも……）

余計なことを考えるのはよそう、と千鶴は布団をかぶって寝てしまおうと試みた。が、どうしても気になる。

（……薬って、この屯所のどこかにあるのかな）

これでも自分は蘭方医《らんぽうい》の娘だ。薬を見ればひょっとして何かわかるかもしれない。山南さんのために、何か役に立てるかもしれない。

「……」

千鶴は布団から出ると、ぶるっと身震いした。手早く着替えをすませ、下ろしていた髪を結う。小太刀を差すと、そっと部屋の障子を開けた。

（薬っていっても……一体どこから調べればいいいんだろう）

冷たい夜気が襟口《えりぐち》から忍び込む。しんと静まり返った薄闇を見渡すと、自分が途方《とほう》もないことをしようとしている気がした。

そのときだった。中庭で人影が動いた。

「!?」

千鶴はとっさに部屋の中に身を隠し、それからそっと様子を窺う。

中庭を横切り、木戸を抜けていく後姿に、千鶴はハッとした。

（山南さん……!?）

こんな夜更けにどこへ行くのだろう。千鶴は急いで履物《はきもの》を揃《そろ》えると、山南のあとを追った。


山南は前川邸の裏口から中に入って行った。

千鶴は、前川邸に足を運んだことがない。土方たちから入ることを許されていないため、間取りさえも知らなかった。山南を見失うまいと息を潜めながらも小走りになる。

一番奥の部屋に山南は姿を消した。

障子は少し開けられたままだ。千鶴は迷いながらも、行灯が灯ったばかりの部屋をそっと覗き込んだ。こちらに背を向け、山南が立っているのが見える。声をかけてもいいものかどうか躊躇《ちゆうちよ》していると、

「まさか君に見つかるとはね。予想もしていませんでしたよ」

前を向いたまま山南が言った。千鶴は飛び上がりそうになる。

「!?」

後をつけていたことは、とっくに知られていたのだ。

「雪村君」

山南は振り返り、身を縮めるようにしている千鶴に微笑みかけた。

「さ、山南さん……？」

「お入りなさい」

山南の口調は穏やかで、八木邸で見せる暗さは感じられない。千鶴は部屋に足を踏み入れた。同時に、山積している書物の数や、さまざまな器具類に圧倒される。

（ここは一体……）

千鶴は山南の右手の中で何かが光ったのに気づいた。

「……」

「……これが気になりますか？」

「それ、なんですか？」

山南が示したのは、真紅の液体で満たされているギヤマンの小瓶だった。

「これは君の父親である綱道さんが、幕府の密旨《みっし》を受けて作った薬です」

「父様が、幕府から命じられて……？」

千鶴は思いがけなく父親の名が出たことに驚き、小瓶を見つめる。

「元々、西洋から渡来したものだそうですよ。人間に劇的な変化をもたらす、秘薬としてね」

「……劇的な変化、ですか？」

おそるおそる、千鶴は訊ねる。

「ええ。単純な表現をするのでしたら、主には筋力と自己治癒《ちゆ》力の増強でしょうか」

「……」

嫌な予感がする。胸の奥がざわつく。だが、山南の唇から微笑が消えることはない。

「しかし、それには致命的《ちめいてき》な欠陥《けっかん》がありました。強すぎる薬の効果が、人の精神を狂わすに至ったのです。投薬された人間がどうなるか……。その姿は、君もご覧になりましたね？」

「……っ!?」

（あの夜の――！）

白い髪を振り乱し、高笑いしながら浪士を殺戮《さつりく》していたあの隊士たち……。新選組の羽織《はおり》を着た彼らは狂気に支配され、千鶴にもギラつく赤い瞳を向けてきた――。

「……」

甦った恐怖に、千鶴は思わず自分の身体を抱きしめた。

「どうやら思い当られたようですね」

山南は震えている千鶴に、満足そうに眼鏡の奥の瞳を細める。

「では、あの人たちは薬で……？」

千鶴はやっとそれだけ訊ねた。

「薬を与えられた彼らは理性を失い、血に狂《くる》う化け物と成り下がりました」

「そんな薬、どうして……」

「戦場で血が流れるたびに狂われていては、たとえ強靭《きようじん》な肉体を手に入れようと意味がありません」

千鶴は山南をじっと見上げた。

「綱道さんは『新撰組《しんせんぐみ》』という実験場で、この薬の改良を行っていたのですよ」

「そんな……！　父様が人を狂わせるような実験を……!?」

幕府の命令とはいえ、父親がそんなものに関わっていたなどと、信じたくない。だが否定もできずに、千鶴は激しく動揺した。息苦しさに肩を上下させる。

「しかし残念ながら彼は行方不明となり、薬の研究は中断されてしまいました。……あの人が残した資料を基にして、私なりに手を加えたものがこれです」

山南は柔らかく微笑みながら小瓶を揺らす。真紅の液体が千鶴の目の前で揺れた。

「その原液を、可能な限り薄めてあります」

「では、それを使えば大丈夫なんですか？　その薬なら、狂ったりしないんですか？」

その問いに、山南は少し困った顔をし、

「正直なところ、まだわかりません。……誰にも試してないものですから」

と、目を伏せた。

「服用すれば私の腕も治るかもしれません。薬の調合が成功さえしていれば、ね」

「かも、って……危険すぎます！　そんなものに頼らなくったって、山南さんは――」

千鶴の言葉をみなまで聞かず、山南は激高《げきこう》した。

「こんなものに頼らないと、私の腕は治らないんですよ！　私は最早《もはや》、用済みとなった人間です！　平隊士まで陰口を叩いているのは知っています！」

「そんなことありません！　みんなも優しい山南さんのことが好きです！」

必死で、千鶴は言い返す。引き止めなければ大変なことになってしまう。

「だから自分は用済みだなんて、そんなこと言わないでください……！」

「――剣客として死に、ただ生きた屍《しかばね》になれというのであれば」

柔らかかった微笑が、氷のように冷たく変わる。

「人としても、死なせてください」

言うが早いか小瓶の蓋《ふた》を床に捨て、山南はぐいと薬を呷《あお》った。

「っ!!!」

眼鏡の奥の瞳が大きく見開かれる。その右手から小瓶が滑《すべ》り落ち、硬い音をたてて砕けた。

「ぐっ……」

がくっと膝をついた山南の唇から、ひと筋朱色《しゅいろ》の雫《しずく》がこぼれる。

「山南さん!?」

千鶴の心の臓がドクンと跳ねた。山南は左手で胸をわし掴《づか》み、喉《のど》の奥から恐ろしい呻《うめ》き声を発している。思わず千鶴が近寄ろうとすると、「来るな」というように震える右手で制した。

（……山南、さん……）

どうしていいかわからずに、それでも千鶴が一歩踏み出したときだった。振り向きざま、山南の腕が凄まじい力で千鶴の腰のあたりを薙《な》ぎ払う。小太刀《こだち》ごと吹っ飛んだ千鶴は、背中から壁に激突し、

「っ、はっ……」

肺を圧迫されて咳き込んだ。身体がひどく痛む。なんとか顔を上げたとき千鶴が見たものは、こちらに向かってまっすぐに伸びてくる山南の腕だった。その指が、獲物を捕らえたとばかりにもの凄い力で千鶴の首を摑む。

「!?」

驚愕《きょうがく》に大きく見開かれた千鶴の目に映ったものは、白く変色した山南の髪だった。振り乱してくしゃくしゃになった前髪の間からは、狂気を孕《はら》み、ギラつく瞳。抗《あらが》いたい衝動を楽しむかのように、千鶴を凝視している。

「!!」

同じだ、と千鶴は思う。あの夜、京の町で遭遇した、人ではない、何か――。血に飢《う》え、理性を失くし、気味の悪い笑い声をあげながら殺戮《さつりく》に熱中していた、化けもの。だが、いま目の前にいるのは千鶴の知っている山南なのだ。

「く……くく……」

恐怖で動けない千鶴を見下ろす山南の口から、ひきつった笑いが漏れる。

「っぐ…！」

息が、できない。

（山南さん……！）

千鶴は必死で山南の名を呼ぼうとした。

第六章

首にかかる山南《さんなん》の手に、さらに力がこめられる。千鶴《ちづる》は目の前が霞《かす》む感覚と必死に闘いながら、喉《のど》から声を絞り出した。

「山……南さん……っ！」

「!?」

ハッと我に返った山南が、千鶴から手を離す。千鶴はその場に膝《ひざ》から落ち、荒い呼吸を繰り返した。その度に食い込んだ指のあとが灼《や》けるように痛む。ようやく顔を上げると、滲《にじ》む視界の中に、行灯《あんどん》の明かりに照らされた白髪の山南の姿が浮かび上がっていた。

山南はたった今まで千鶴の首を絞めていたその右手で自分の顔を鷲掴《わしづか》み、必死で苦痛に耐えているように見える。指の間から垣間《かいま》見える瞳の中では、あのすさまじい狂気がわずかに鳴りをひそめ、その分だけ持ち前の理性が顔を出していた。

「………失敗………したようですね……自分で思うより私は賭けに弱かったようで………」

搾《しぼ》り出すような自嘲《じちょうてき》的な言葉に、千鶴はふらつく身体《からだ》でなんとか立ち上がると、その場に立ち尽くしている山南の顔を下から覗《のぞ》き込んだ。

「さ……山南さん！　大丈夫ですか!?」

「……人の心配をしている暇はないでしょう……今の内に……私を殺しなさい」

「……え？　殺……す……？」

荒い息のなか、切れ切れに発せられる言葉を聞き取って、千鶴の胸はズキンとする。山南は半ば朦朧《もうろう》としながらも、懸命に言葉を繋《つな》いでゆく。

「薬は失敗……既に……私の、意識は、なくなりかけています。このままでは、君を殺してしまうでしょう……」

「そんな……!?　そんなこと、できるわけないじゃないですかっ！」

千鶴が大きく首を振った、そのときだった。突然、山南が大声を出した。

「やりなさい!!」

カッと見開かれた瞳から、戻りかけた理性がすうっと失われてゆく。千鶴は思わず壁際へ後ずさった。

「山南さん……!?」

山南は千鶴の小太刀《こだち》に視線を当て、

「……この薬の影響下にあっても、心《しん》の臓《ぞう》さえ止まれば、死ねますから……」

顔を上げると千鶴の顔をじっと見つめる。山南の目は「――やらねばあなたが死にます」と語っている。

新選組《しんせんぐみ》の屯所《とんしょ》で生活するようになってから、千鶴は人の生き死にをたびたび目にしてきた。

手当ての甲斐《かい》なく亡くなった隊士もいる。けれど、自分が誰かを殺すかもしれないとは、ただの一度も考えてみたことはなかった。ましてや新選組の、それも山南を手にかけるなどということが、千鶴にできるわけがなかった。

千鶴は山南の視界から小太刀を隠すように、右手でそっと柄《つか》を握った。そのとたん、

「っ……!?」

千鶴の手に、山南の手が重ねられる。強い力で小太刀を引き抜こうとする山南に、千鶴は必死で抵抗した。だが、小太刀はいくらもしないうちに鞘《さや》から離れてしまう。

「山南さん、やめてください!!」

「……殺し……て……さい……」

「……!!」

殺してくれと繰り返しながら、山南は刃先を自分の胸に向ける。千鶴は両手で柄の端を握り、力の限り引き戻そうとするのだが、もうあとわずかで山南の胸に届いてしまいそうだ。

「誰か、誰かいませんかーっ!!」

千鶴は無我夢中で叫んだ。ここが前川邸《まえかわてい》であることも、今が夜更《よふ》けであることも頭になかった。恐怖と、山南を死なせたくない気持ちがないまぜになり、千鶴はただ声を張る。

「誰かっ……！」

「……死な……て……さい……」

「やめて……！　山南さん……！」

ぐっ、と小太刀が山南に引き寄せられる。刃先が着物に埋まる――。

「――っ!!」

山南の胸を突いたと思った瞬間、小太刀は床に払い落とされていた。

「……!?」

ハッと顔を上げると、そこには土方《ひじかた》の姿があった。部屋に飛び込みざま、山南の手から小太刀を落としてくれたのだ。

（土方さん……！）

千鶴の目に、あとから飛び込んできた沖田《おきた》と斎藤《さいとう》の姿が映った。彼らは瞬時に状況を判断し、もがき暴れる山南を取り押さえる。続いて永倉《ながくら》と原田《はらだ》が駆け込んできた。

「よかっ……た……」

千鶴は口のなかで小さく呟《つぶや》いた。張りつめていた糸がぷつんと切れ、全身に安堵《あんど》が広がってゆく。千鶴の意識はそのまま遠のいた――。

土方は、くずおれる千鶴の肩をとっさに支える。その顔に一瞬目を走らせ、真っ青なのを見ると、その場に寝かせた。

そのとき、沖田と斎藤の手に、山南が肩をビクリとさせた感触が伝わった。

「ぐぉおおおおおお………！」

体内に入った薬の衝撃に耐えかね、胸を掻《か》きむしるようにしながら、山南は前のめりに倒れてゆく。

「山南さん」

沖田が支えながら声をかけたが反応はない。山南はすでに沖田の腕の中で意識を失いかけていた。

「副長」

山南から手を離した斎藤の呼び掛けに、土方はきびきびと指示を与える。

「新八《しんぱち》は前川邸の門前を、原田は八木邸《やぎてい》で隊士たちの動きを見張ってくれ。この部屋には誰も近づけるな」

永倉と原田は頷《うなず》き、すぐに部屋を出て行った。

「斎藤は中庭で待機しろ。伊東《いとう》一派の警戒と牽制《けんせい》を頼む！」

「御意《ぎょい》」

応《こた》えるが早いか、斎藤が駆け出してゆく。

「総司《そうじ》、おめえには……」

山南を抱え込んだまま床に座った沖田は、土方が言わんとすることを察し、

「わかってますよ。いざというときは、僕が山南さんを楽にしてあげますから」

ときおり苦悶《くもん》に顔を歪《ゆが》める山南を見つめた。


〝自信があるなら止めないですけど。……『失敗』したら僕が斬《き》ってあげますよ――〟


つい数か月前、山南に軽口《かるくち》を叩いたことが本当になってしまうかもしれない、と沖田は思う。

山南の表情の変化が間遠くなった。このまま意識をなくすだろう。

「……ああ。どうせ今夜が峠《とうげ》だろう。生きるか死ぬか、狂うかのな……」

土方は嚙《か》みしめるように言い、山南の顔をじっと見下ろした。

どこかで声が聞こえる。

「土方さん、山南さんは？」

「……まだわからん」

（あれは……原田さんと土方、さん……？）

布団の中でうっすらまぶたを開いた千鶴は、その瞬間、ハッとすべてを思い出した。

「山南さん!?」

勢いよく身体を起こしたが、薄暗い室内には見覚えのある文机《ふづくえ》が置かれ、昼間自分で切った花が花瓶に活《い》けてある。

（ここは……）

自分の部屋なのだと千鶴は気づいた。と、ふいに障子《しょうじ》が開き、土方の顔が覗いた。

「状況を説明してもらおうか？」

見下ろす瞳の厳しさに、千鶴は頷き、あわてて布団《ふとん》を片づけた。


夜半に昇った月が頭上近くになっている。その障子越しの明かりを横顔に受け、千鶴は土方と向かい合って座っていた。

「——それで、後をつけました」

何があったのか説明する千鶴を、土方は腕組みをしたままじっと見つめている。やがてひと通り聴いてしまうと、

「おまえは綱道《こうどう》さん捜しには役立つかもしれねえが、おまえがいなくても、多少、不便になるだけだ」

と、感情を押し殺した冷たい口調で言い放つ。確かに、人を捜すだけなら監察方《かんさつがた》で事足りるだろう。たまたま娘だから、他人よりよく知っているというだけのことだ。

千鶴は土方の視線から逃れるように俯《うつむ》いた。

（……同じだ。初めて屯所に来たあの日と同じ……）

殺されるかもしれない。そしてそれは今すぐこの場でかもしれない——。

あの日も確かにそう思っていた。千鶴は今度こそ土方の刃《やいば》にかかることを覚悟して、袴《はかま》の上でぎゅっと拳《こぶし》を握りしめた。

「不穏《ふおん》な動きがあれば、即座に殺される。……そう、てめえの肝《きも》に銘《めい》じておけ」

「え？　あの……。私、殺されるんじゃ……？」

ぽかんとした顔を上げた千鶴に、

「……まだ殺さねえよ。もっとも、いつ死のうと困らねえがな」

どうでもいいような返答を投げると、開け放った障子から外を眺めた。

「あ……。……はい」

千鶴は少しほっとしながら、横顔を見せている土方の視線を辿《たど》り、輝く月を見上げた。こんなことがあった夜だというのに、春の月は切なく美しい。

「……あの、山南さんが飲んだ薬に、父様が関わっていたって本当なんですか？」

土方の横顔に訊《たず》ねると、彼は厳しい目を千鶴に向けた。

「山南さんに聞いたのか？」

千鶴は頷く。

「元々あの薬は幕命《ばくめい》を受けた父様が改良を行い、実際に試したのが『新撰組《しんせんぐみ》』の人たちだ、って……。薬は人を強くする代わりに精神を狂わせるものだ、とも……」

土方はほんの少しの間難しい顔で沈黙していたが、

「はぁ」

面倒臭そうにため息をつく。

「……聞いちまったなら仕方ねえ。確かに綱道さんは薬の開発を任されていたが、完成前にいなくなっちまった」

「……」

千鶴は土方の口からも同じことを聞かされ、顔を曇《くも》らせる。

（あんなに優しい父様が、そんな恐ろしい薬に関わっていたなんて……）

「薬を飲んだ奴らは前川邸にいる。血に触れない限りは大人しいが、一度血に狂うと手が付けられない」

「……」

千鶴は夜の京の町で遭遇したあの隊士たちを思い出した。もはや抵抗もできない浪士を執拗《しつよう》に刀で刺していたのは、血に狂ったためだったのか——。

「これが俺たち幹部しか知らねえ、『新撰組』の秘密だ」

それだけ言ってしまうと、土方は再び月を見上げた。さっきまで澄み渡っていた夜空で輝いていた月は、通い始めた雲にゆっくりと隠されようとしている。

「薬の管理を任された山南さんが改良を続け、理性を保ったまま腕を完治させようとした結果があれだ……」

千鶴は、山南に絞められた首に思わず手をやった。強い指の感触は、いまも生々しく残っている。

「おまえは腐っちまってる姿しか知らねえだろうが、山南さんは元々、才もあり腕も立つ人だ」

「……はい」

月が雲に隠れた。土方の語調が弱くなる。

「新選組が出来る前から、俺の兄貴分みたいなもんだった」

自分に言い聞かせるような呟き方に、千鶴は驚いた。

「俺たちには山南さんが必要なんだ。……あの人を失うわけにはいかねえんだよ」

千鶴を見た土方は、まるでやりきれなさの中で懸命に自分を保とうとしているかのように、苦渋に顔を歪ませていた。新選組の鬼の副長とはとても思えないような——こんなにも弱りきった、危うい土方は見たことがない。それほどの苦しみが伝わってきて、千鶴の胸はひどく疼《うず》いた。

「……大丈夫です」

思わず口にしていた。

「……？」

「山南さんは、きっと大丈夫です」

まっすぐに土方を見つめると、「……ああ」と吐息のような言葉が返る。千鶴を見返す瞳が、微《かす》かに細められた。

「あの人の精神が薬に勝つよう、今は賭けるしかねえな……」

短いまどろみから覚めると、千鶴は勝手場で湯を沸かし、お茶を淹《い》れて広間へ運んだ。

山南に付き添っているという沖田の姿はなかったが、近藤《こんどう》以下、幹部たちが車座になるように座っている。張りつめた空気を感じながら千鶴は彼らにお茶を配ってゆき、土方の前にもそっと湯呑《ゆの》みを置いた。

明け方前に話が終ると、土方は千鶴の部屋から出て行った。そのあと千鶴は形ばかり横になったが、おそらく土方は一睡もしていないに違いない。

と、襖《ふすま》が開いて、沖田と井上《いのうえ》が入って来た。みないっせいにふたりの顔を見上げる。

「山南さん、峠は越えたみたいだよ」

わずかに疲れを滲ませた顔で沖田が告《つ》げると、みなホッと安堵の吐息をつきながら互いの顔を見合わせた。

「今はまだ寝てる。……静かなもんだ」

井上が言うと、永倉が訊ねた。

「じゃあ、成功したのか？」

「……確かなことは、目が覚めるまでわからんな。見た目には、昨日までと変わらないんだが」

「……」

土方は表情を変えず、沈黙している。千鶴はその顔をそっと盗み見た。山南が目覚めるまで、その精神が薬を負かしたか、あるいは負けて狂ったか……賭けの結果は出ない。自分と同じように土方も不安なのだ、と千鶴は思った。

そのとき、障子が開き、

「おはようございます」

笑みを浮かべた伊東が入って来た。

「うげ……」

永倉と原田が思わず顔を背ける。

「あら、みなさんお顔の色が優《すぐ》れませんのね。……昨晩の騒ぎとなにか関係がありまして？」

幹部たちをひとわたり見回した伊東が、あくまでもにこやかに、だが最後はそれとない鋭さを含ませて訊ねた。

「あー、いや、その……」

落ち着きなく宙に目を泳がせていた近藤はしどろもどろになり、幹部たちを見る。その視線が永倉を捉《とら》えた。ギクリとした永倉は隣にいた原田を肘《ひじ》で突く。

「……誤魔化《ごまか》せ、左之《さの》！」

「俺か……？」

原田は咳払《せきばら》いをし、「実は——」と切り出そうとした。それを沖田が苦笑しながら遮《さえぎ》った。

「そういうことは、説明の上手《じょうず》な人に任せましょうねー」

沖田が視線を向けたのは斎藤だった。斎藤はまったく動じず、軽く頷いて立ち上がる。

伊東の前まで行ってから、おもむろに口を開いた。

「……伊東参謀《さんぼう》がお察しのとおり、昨晩、屯所内にて事件が発生しました。しかし、未だ状況はかんばしくなく……」

「まあ……。それは大変ですこと」

伊東は口元を押さえてみせた。

「参謀のお心に負荷《ふか》をかけてしまう結果は、我々も望むところではありません。事態の収拾に努めた後《のち》、今晩にでも改めた場を設《もう》け、お伝えさせて頂きたく存じます」

礼儀正しく丁寧に頭を下げる斎藤の肩越しに、伊東は意味ありげに目を細めると、再び広間をぐるりと見回した。

「事情はわかりましてよ。今晩のお呼ばれ、心待ちにしておりますわ」

意外なことに伊東は〝事件〟についてしつこく訊くこともなく、笑顔でいそいそと広間を出て行った。

千鶴たちは一様に「ふーっ」と大きな息をつく。伊東の気配がすっかり消えるのを待ってから沖田が口を開いた。

「なんだか見逃してもらえたみたいだけど……、もしかして一君《はじめ》の対応が気に入ったのかな」

「そう願いたいものだが」

沖田と斎藤の会話に、永倉と原田が怪訝《けげん》そうな顔をした。千鶴も意味がわからず、小首を傾げる。すると土方は苛立《いらだ》ちを隠そうともしない、苦い顔で言った。

「幹部が勢揃《せいぞろ》いしている場に、山南さんだけいねえんだぞ？　あの人絡みでなにか起きたってことくらい、伊東ならすぐ察しがつくだろうが」

そうか、と千鶴は納得した。伊東はあえて何も言わずに出て行ったのだろう。

「……どうする、トシ？」

近藤が目を向けたが、土方はじっと黙り込んでいる。千鶴は広間から出て行くために立ち上がりながら、山南さんはいつごろ目覚めるのだろう、と考えていた。


土方は伊東一派や平隊士たちの目を避《さ》けながら、近藤と沖田と共に前川邸へ向かった。奥の部屋へ入った三人の目に、文机に向かって座っている山南の背中が映った。薬の調合をしているようだ。

「山南君、起きていいのか!?」

近藤が驚いた声をあげると、山南が振り返った。彼は調合器を手にしたまま、頷いてみせる。顔色こそよくはないが、その微笑《びしょう》はいつもの山南と変わらなかった。

「少し、気だるいようですが。これも薬の副作用でしょう。……あの薬を飲んでしまうと、日中の活動が困難になりますから」

「それってつまり……」

沖田が言いかけると、

「私は、もう、人間ではありません」

微笑を絶やさず、山南が応える。ふいに、近藤が目頭を押さえた。

「だが、君が生きていてくれて良かった。それだけで充分だとも……！」

「……それで、腕は治ったんですか？」

沖田が訊ねる。山南は文机の前の明るんだ障子にかざすように左腕を持ち上げ、拳を握ったり開いたりしてみせた。

「……治っているようですね。少なくとも、不便がない程度には」

でも、と沖田がさらに訊ねる。

「昼間は動けないんでしょ？　そんな状態で隊務に参加できるんですか？」

「私は死んだことにすればいい」

「……！」

思いがけない言葉に、土方たちは息を飲んだ。

「これから私は薬の成功例として、『新撰組』を束ねていこうと思っています」

「……本気で言っているのか？」

土方が山南をじっと見る。

「ええ。我々は薬の存在を伏せるよう、幕府《ばくふ》から命じられているのですよ？　……私さえ死んだことにすれば、今までどおり隠し通せます。薬から副作用が消えるのならばそれを使わない手はないでしょう？」

「山南君……」

近藤は、あとの言葉が続かない。

土方も渋い顔で黙り込む。山南のことだ。目覚めて自分を取り戻した時点で考え、下した結論なのだろうと思う。

「……それしかない、か」

重苦しい沈黙のあと、近藤がつらそうに首を縦に振った。逆に沖田は冷たく突き放すような態度で言う。

「ま、山南さんが自分で選んだ道ですし、せめて責任を持って進んでください」

その言葉に、山南は「ふっ」と微笑を漏《も》らした。そのとき、じっと黙り込んでいた土方が口を開く。

「……屯所移転の話、冗談では済まされなくなったな」

「ん……？」

近藤が顔をあげた。

「山南さんを伊東派の目から隠すには、広い屯所が必要だ。今のままでは狭すぎる」

土方は、新選組がこの先進む道を見極めようとでもしているように、スッと目を細めた。

元治二年　三月――。

千鶴は、広々とした夕暮れの境内《けいだい》を走っていた。

沈みかけた陽の光が、いままさに咲き誇る桜の花に差し、影を伸ばしている。

新選組がここ西本願寺《にしほんがんじ》に屯所を移したのは、山南の一件があってから半月後のことだった。

長州に協力的だったこの寺とどんな風に話をつけたのか、千鶴は知らない。だが、薬を飲んでしまった山南を隠すために、土方たちも必死だったことは想像に難《かた》くない。

山南は伊東や平隊士たちの手前、隊規違反で切腹したことにされていた。山南自身の発案だと聞き、千鶴はずいぶん驚いたものだ。

むろん、山南はちゃんと生きている。千鶴が移転後しばらくは迷ってしまったほど広い、この西本願寺で。

角を曲がり、境内《けいだい》の裏手へ出る。千鶴は、建物の陰に腰を下ろしている山南を見つけた。彼はこの時刻、薄暗がりに身体を溶け込ませるようにして、たいていそこにいる。

「山南さん。食事の準備ができました」

「ああ、君でしたか。ありがとう」

足音を聞きつけていたのだろう。山南は穏《おだ》やかに微笑《ほほえ》みながら立ち上がり、千鶴のほうへ歩いてきた。陽光が、薄暗がりから出てきた山南の姿を包む。

「……！」

山南の髪がまっ白になる。千鶴は目をみはった。が、それは一瞬のことで、すぐに元の黒髪に戻っていた。

「どうかしましたか？」

「あ、いえ！　なんでもありません！」

怪訝そうに訊ねる山南に、千鶴はあわてて首を振ってみせる。

（錯覚……？　でも……）

あの夜の山南の姿を嫌《いや》でも思い出してしまう。狂気の宿った赤い瞳、千鶴の首を絞めたときの、あの乱れた白髪――。

「……」

部屋へ戻る山南に着いて、千鶴も歩き出す。

（あの日、血に狂いかけた山南さんが、すぐ近くにいる――）

暖かな風が、花を散らして吹き抜ける。千鶴は不安な気持ちを隠しながら、桜吹雪の中を歩いて行った。

慶応元年閏　五月――。

京市中の通りは賑やかな人の声に溢《あふ》れ、ごった返していた。八番組の昼の巡察に同行していた千鶴は、前をゆく五名の隊士を見失わないように注意を払いながら、藤堂《とうどう》と共に最後尾を歩いていた。

隊士募集の任務を終えた藤堂が江戸から戻ったのは、新選組が西本願寺に屯所を移してから間もなくのことだったが、なかなかゆっくり話す機会を得られないままだった。

「平助《へいすけ》君と巡察に出るのは久し振りだね」

「そっかもなー。オレの留守中、新八っつぁんとか、左之さんにいじめられたりしなかったかー？」

明るい声で藤堂が笑う。懐《なつ》かしい雰囲気に、千鶴もつられて頬《ほお》を緩《ゆる》める。

「うん。巡察の時もすごく気にかけてくれたよ。父様《とうさま》の手がかりは、まだ見つからないけど……」

「江戸にも帰ってなかったしなー」

藤堂は言い、俯《うつむ》き加減に微笑む千鶴の肩をぽんと叩く。

「ま、元気だせって！　そのうちひょっこり会えるかもしれないし？」

励ましてくれようとする気持ちが嬉しくて、千鶴は頷いてみせた。が、ふと藤堂に目を向けると、彼はどこか遠くを見るような目つきで町を眺めている。ついさっきまでの笑顔が消えてしまっていた。

「……平助君？　どうしたの？」

「しばらく見ないうちに、町も……人も、結構変わった気がするな……」

前を向いたまま、藤堂はぽつりと応える。

「え？　平助君……？」

「……ん？　いや別に」

誤魔化すように、だがどこか寂しそうに笑った藤堂だったが、今度はぱっと明るい顔になる。

「お、総司ー！」

混雑した通りの先に、違う順路で巡察していた沖田と一番組の隊士たちを見つけたからだった。手を振りながら沖田に近づいてゆく藤堂に違和感を覚えつつ、千鶴も続く。

「そっちはどうだった？」

「別に。普段通りだね」

沖田は答えながら、自分に向かってお辞儀《じぎ》をする千鶴に微笑みながら目礼《もくれい》を返す。

「でも、将軍上洛の時には、忙しくなるんじゃないかな」

「上洛って……将軍様が京《きょう》を訪れるんですか？」

「そう。だから近藤さんも張り切ってるよ」

沖田の返答に千鶴はクスッと笑ってしまう。近藤の姿が目に浮かぶようだ。だが、

「あー、近藤さんはそうだろうな……」

藤堂は気がなさそうな相槌《あいづち》を打ったきり、黙ってしまった。

「……？」

今日の藤堂は一体どうしたのだろう。千鶴が困惑していると、

「けほっ……こほ……」

突然沖田が咳き込み始めた。

「沖田さん……？　大丈夫ですか？」

その場にしゃがみこんだ沖田は「大丈夫だよ」というように笑ってみせたが、咳はなかなか止まらない。

背中をさすってあげたほうがいいかな、と千鶴が思ったときだった。ふっと沖田が顔を上げる。その視線は狭い路地に鋭く注がれた。なんだろう、と千鶴と藤堂もそちらに目を向ける。

そのとたん、

「おい、小娘！　断るとはどういう了見だ!?」

「民草のために攘夷《じょうい》を論ずる我ら志士《しし》に、酌《しゃく》のひとつやふたつ、むしろ自分からするのが当然であろうが！」

沖田の視線の先にいたふたり組の浪士《ろうし》が怒声《どせい》をあげた。昼間だというのに酔っているらしい。彼らは通りすがりの娘に絡んでいる様子で、酒の酌をしろと難癖《なんくせ》をつけているのだった。ひとりが、嫌がる娘の手首を摑《つか》んだ。

「やめてください！　離してっ！」

娘が悲鳴をあげる。

「っ……！」

千鶴と藤堂はとっさに路地へ向かって一歩踏み出した。が、すぐ横を浅葱《あさぎ》色が大きく抜いてゆく。

「やれやれ。攘夷って言葉も、君たちに使われるんじゃ可哀想《かわいそう》だよ」

千鶴たちが路地へ入ったとき、沖田はすでに浪士たちと娘の間に割って入っていた。

「なに!?」

浪士たちが気色《けしき》ばむ。が、すぐに自分たちの前に立ち塞がる男の正体に気づいた。

「浅葱色の羽織《はおり》……!?」

「新選組か⁉」

「知ってるなら話は早いよね。……どうする？」

沖田は唇の端を持ち上げて微笑みながら、刀の柄に手をかけてみせる。その凄みが伝わったのだろう、

「くそっ、飲み直すぞ……！」

くるりと踵《きびす》を返し、ひとりが路地裏に消えてゆく。藤堂が残る浪士に迫った。

「おまえはどうする？」

浪士は沖田と藤堂、後ろに控えている隊士たちに目を泳がせる。とうてい太刀打《たちう》ちできるものではない。

「……覚えてろ‼」

捨て台詞《ぜりふ》を吐き、足早に逃げて行った。

ふたりが消えてしまうと、その場に残された娘はわずかに乱れた襟元《えりもと》をきちんと直し、沖田の前に立つ。

千鶴は見るともなくそれを見ていたが、なぜか不思議な居心地の悪さのようなものを感じて困惑する。娘はほんの束の間沖田を見つめてから、優雅な所作《しょさ》で頭を下げた。

「ありがとうございました。私、南雲薫《なぐもかおる》と申します」

沖田は応えず、唐突に千鶴の腕を摑んで引き寄せた。

「わっ……！　お、沖田さん⁉」

「いいから。横に立って」

びっくりしている千鶴を、薫と名乗った娘の横に並ばせ、

「やっぱり……よく似てるね」

と、千鶴と薫を交互に見比べる。

「……」

(似てる……？)

千鶴は、改めて薫を見た。確かに自分に似ている。そっくりと言っていいかもしれない。だからおかしな感じがしたのだと、千鶴はやっと気づいた。

一方の薫は、千鶴に似ていると言われたことを気にしている風でもなかった。ただ同じように千鶴を見、ゆったりと微笑んでみせる。沖田はそんな薫の様子を鋭い眼差《まなざ》しで観察していた。

そんな中、無遠慮にふたりをじろじろ見ていた藤堂が、沖田に向かって言う。

「そっかぁ？　オレは全然似てないと思うけどなぁ」

「いや、似てるよ。きっと、この子が女装したら、そっくりだと思うな」

沖田は、確信しているかのように告《つ》げた。

隣から注がれる薫の視線に、千鶴はなにか言わなくてはいけないような気になり、

「あ、あの……」

と、薫に言葉をかける。だがその瞬間、薫は千鶴からさっと視線をはずし、再び沖田に向き直った。

「もっときちんとお礼をしたいのですけれど、今は所用がありまして。……ご無礼、ご容赦《ようしゃ》くださいね」

もう一度優雅に一礼し、

「このご恩はまたいずれ。……新選組の沖田総司さん」

艶《つや》やかな笑みを浮かべ、着物の裾《すそ》を翻《ひるがえ》しながら通りの賑わいの中へ消えて行った。じっと見送る千鶴の横で、藤堂が揶揄《やゆ》するような声をあげる。

「おいおい、ありゃ総司に気でもあるんじゃねーの？」

脇腹を肘で突つかれながら、沖田はフンと鼻で笑う。

「今のがそう見えるんじゃ、平助は一生、左之さんとかには勝てないよね」

「ど、どういう意味だよ⁉」

小馬鹿にしたような笑みを浮かべたまま歩き出した沖田を、藤堂が追ってゆく。千鶴も後に続こうとしたが、ふと足元の水溜りに気づいて、覗き込んだ。風に揺れる水面に自分の顔が映るのが見える。見つめていると、もうひとつの顔が重なった。

「薫さん、か……」

そのとき、振り返った藤堂が呼ぶ。

「帰ろうぜ！」

「あ、はいっ！」

千鶴は返事をし、あわてて駆け出した。


沖田から将軍上洛の話を聞いて間もない日の夕刻、近藤は広間に隊士たちを集めた。

西本願寺へ移転してから、新選組は本陣となる北集会所《きたしゆえしよ》をいくつかの部屋に仕切ったが、広間はその集会所の名残りを色濃く留めていた。部屋の中に並ぶ太い円柱が支える天井は高く、部屋の広さを強調している。

ひときわ鮮やかな縁取りのある御簾《みす》の前に近藤と土方が座っている。それに相対する形で、他の隊士たちが並んでいた。千鶴はいつものように端に控え、よく響く近藤の声を聞いていた。

「みんなも、十四代将軍・徳川家茂《とくがわいえもち》公が上洛されるという話は聞き及んでいると思う」

頷く隊士たちを見渡し、近藤は力強く続けた。

「その上洛に伴い、家茂公が二条城《にじようじよう》に入られるまで、新選組総力をもって警護の任に当たるべし、との要請《ようせい》を受けた！」

それを聞いたとたん、平隊士たちの間からどよめきがあがった。「将軍様の!?」、「新選組が!?」と顔を見合わせ喜びあう。

（すごい……！）

千鶴も新選組は京市中の警備にあたるのだろうと思っていたので驚き、そしてうれしかった。

「池田屋《いけだや》や禁門《きんもん》の変《へん》の件を見て、さすがのお偉方《えらがた》も、俺らの働きを認めざるを得なかったんだろうよ」

土方が言うと、沖田も頷く。

「警護中は文字どおり、僕らの刀に国の行く末がかかってる……なんてね」

冗談めかしてはいるが、国の行く末と聞いて千鶴は一気に緊張し、緩んだ頬を引き締める。

と、参謀として上座《かみざ》にいる伊東がため息をつき、呟いた。

「上洛の警護とはまた。もしも山南さんが生きていれば……。本当に惜《お》しい人を亡くしましたねぇ……」

伊東は山南の死を疑っていない。近藤は一瞬眉《まゆ》を動かしかけたが、あわててごまかすような咳払いをして、難しい顔をしてみせる。

「……ともあれ、これから忙しくなる。まずは隊士の編成を考えねばなるまいな」

ああ、と頷いた土方に救われたように近藤は思案を始めた。

「そうだな、俺とトシ、総司――」

「っと悪い、近藤さん」

沖田の名が出たとたん、土方が遮る。

「総司は今回、外してやってくれねえか？　風邪気味みてえだからな」

「む……そうなのか？　総司、大丈夫か？」

「自分では別に問題ないと思うんですけどね」

近藤に訊ねられ、他の幹部たちと共に最前列にいる沖田は不機嫌そうに顔を背けた。

「問題ない、じゃねえよ。さっきも咳してただろうが」

「やれやれ。土方さんは過保護すぎるんですよ」

沖田が苦笑したとき、藤堂がすっと手を挙げた。

「平助君……？」

千鶴は、どうしたのだろうと藤堂を注視する。

「あー……近藤さん、実はオレもちょっと調子が……」

「なんだ、平助も風邪か？　折角の晴れ舞台、全員揃って将軍様を迎えたかったのだがなあ」

心底残念そうに言う近藤に、藤堂はぼそっと詫《わ》びた。

「あ……、すんません……」

「あ、いや、体調は大事だな。いずれまた機会もあるであろうし。二人はそのとき存分に働いてもらいたい」

持ち前の人のよさで気遣《きづか》いをみせる近藤に、沖田と藤堂は複雑な面持《おもも》ちで黙って頷いた。

やがて皆が退出してしまうと、近藤と土方は沖田と藤堂を残して警護の割り振りを相談し始めた。組長不在の一番組と八番組の隊士を他に預けなければならないからだ。

千鶴はいったん厨《くりや》に下がり、お茶を淹《い》れて戻ってきた。四人に配っていると、土方がふと千鶴に目を止め、訊ねてきた。

「で、おまえはどうするんだ？」

「……はい？」

意味がわからず顔を上げると、土方が言った。

「呆《ほう》けてるんじゃねえよ。おまえは警護に参加するのかって訊いてんだ」

「わ、私もいいんですか⁉」

思いがけない言葉に千鶴が驚いていると、湯呑《ゆの》みを手にした近藤がにこやかに頷く。

「むろん、構わないとも。雪村《ゆきむら》君も今や、新選組の一員といっても過言ではない。良かったら、是非、参加してくれ」

（……いいのかな？）

なにしろ将軍様の警護だ。隊士でもない自分が参加していいものかと千鶴がためらっている

と、

「まぁ、身の心配はないと思うよ。将軍を狙う不届きな輩《やから》はそうはいないから」

「行ってみるのもいいんじゃゃねーの？」

沖田と藤堂が揃って勧める。それは自分を仲間と認めてくれる言葉に他ならないように思えて、

「はい、行きます！　お役に立てることがあるなら、お手伝いさせてください！」

千鶴は、ぱっと顔を輝かせた。


二条城はその名の通り二条の堀川通《ほりかわどおり》に面した荘厳《そうごん》な城だ。新選組は無事に道中警護を終え、将軍家茂公が入城したのちは周辺の警護にあたっていた。

千鶴は土方の指示で伝令役を務めていた。なにしろ広大な城なので、行って帰るだけでも相当な距離を走らなければならない。走りやすいように草鞋《わらじ》をはき、何往復かしている間にあたりはすっかり夕闇に包まれた。明々とした篝火《かがりび》が焚《た》かれると、城は幻想的な輪郭を描き、暗い空に浮かび上がる。

「三番組の方たちは、中庭に回ってください」

千鶴は隊士たちに声をかけながら、ひたすら走り続けた。

（ええと、次は……）

庭にいる隊士たちに連絡事項を伝えなければならない。千鶴は両側を高い城壁に挟まれている通路に入った。

「あ……」

ふいに、草鞋の紐が緩んだ。先に行こうとした足を止めようとして、千鶴は転びそうになる。かろうじて踏みとどまり、しゃがんで紐をきゅっと締め直す。

（今頃、近藤さんたちは、偉い方々にご挨拶《あいさつ》しているのかな？）

「……私も、お勤め頑張らなくちゃ」

自分を励ますようにそう口に出し、再び駆け出したときだった。

唐突に、背筋に冷たいものが走り、ぞくりとする。

「――っ‼」

千鶴はハッと息を殺し、立ち止まった。

「この感覚は……」

薄闇の中で目を見開き、記憶を探る。そう、初めての京の夜、血に狂ったあの男たちに襲《おそ》われたときに味わったものと同じだ。狂気を宿した瞳に見つめられ、刃《やいば》を向けられたときの独特な感覚――。

（……殺気っ！）

千鶴は小太刀に手をかけ、恐る恐る振り返って城壁を見上げる。柄を握る手が震えそうだったが、そうせずにはいられない。

空に昇り始めたばかりの微《かす》かな月の光に照らされて右にひとり、左にふたり。城壁に立つ人影がじっとこちらを見下ろしている。

「⁉　あなたたちは……⁉」

千鶴は思わず声をあげ、じりっと一歩後ずさった。

同時に、左側にいるふたりの男に見覚えがあることに気づく。

ひとりは池田屋で沖田と戦い、禁門の変の際には天王山《てんのうざん》に向かう途中に現れて土方と対峙《たいじ》した、あの男だ。そして隣に立っているのは、彼を風間《かざま》と呼んでいたもうひとりの男だった。

「……気付いたか。さほど鈍いというわけでもないようだな」

風間という男の言葉が合図になったかのように、三人は左右の城壁からひらりと通路に飛び下り、千鶴の前に立ちはだかった。

右側にいた男には見覚えがない。長い髪を高く縛《しば》り、手には不気味に光る短銃《たんじゅう》を握っている。

千鶴は三人三様の鋭い視線に絡めとられそうになりながらも、必死で小太刀に手をかけた。

「な、なんでここに⁉　どうやって……⁉」

すると、短銃の男が不敵な笑みを浮かべて言う。

「あ？　オレら鬼の一族には、人が作る障害なんざ、意味を成さねえんだよ」

風間の隣の男も口を開く。

「私たちがここに来たのは、君を探していたからです。雪村千鶴」

「鬼……!?　からかってるんですかっ!?　それに、どうして私の名を!?」

鬼の一族という聞きなれない言葉と自分の名前を一緒に耳にした千鶴は混乱し、訳がわからないまま叫んだ。すると風間が小馬鹿にしたような笑いを浮かべる。

「鬼を知らぬ？　本気でそんなことを言っているのか。我が同胞《はらから》ともあろうものが」

「……同胞っ!?」

鬼や同胞といわれても、千鶴はますます混乱するばかりだ。と、風間の隣にいる男が低い声で千鶴の心を揺さぶる。

「君は並みの人間とは思えないぐらい――、怪我《けが》の治りが早くありませんか？」

「!?」

ハッと千鶴は風間を見た。

「そ、それは……」

あのとき――天王山へ向かう途中で、空を切って飛んできた風間の剣で腕を切られた。みるみるうちに傷が塞《ふさ》がるのはうまく隠したつもりだったが、風間は何故か意味ありげに千鶴を見ていたのではなかったか。

どうしてだかわからないが、千鶴は生まれつき怪我をしても瞬く間に傷が治ってしまうのだった。父の綱道に、

「それは天からの授かりものだ。驚かせてしまうから、人には黙っていなさい」

と言われ、その言いつけを守ってきた。

だからあのときも千鶴は押さえた手の下ですでに塞がりかけている傷の、いつもの感覚を覚えながら、見られてはいけないと強く思っていたのだ。

「……」

口ごもる千鶴に、風間はひたと鋭い視線を当てたままだった。すると、三人目の男が面白そうに短銃を千鶴に向けて構えてみせる。

「あァ？　なんなら、今ここで証明したほうが早《はえ》ェか？」

「っ!?」

千鶴は恐怖に息を飲む。だが、風間はスッと男を手で制した。

「……よせ、不知火《しらぬい》。否定しようが肯定しようが、どの道、俺たちの行動は変わらん」

不知火と呼ばれた男は、肩をすくめて短銃を下ろす。千鶴は自分の握っている小太刀に、風間の視線がちらりとこぼれるのを感じる。

「……多くは語らん。鬼を示す姓と、東の鬼の小太刀……それのみで証拠としては充分に過ぎる」

（……姓？　雪村の姓が……、なんだっていうの……？　それに小太刀……？）

何を言われているのかわからない。風間のいう言葉の意味が理解できない、繋がらない。

冷たい汗が流れる。

ふいに、圧倒的な気配が近づいた。千鶴が反射的に顔をあげたとき、風間はもうすぐ前に迫っていた。

「……言っておくが、おまえを連れて行くのに、同意など必要としていない。女鬼は貴重だ。共に来い――」

風間が手を伸ばしてくる。

「――っ!?」

風間の袖は月明かりを受け、ぼんやり白んで見える。だがその向こうは闇だ。捕まったら最後、引きずりこまれてしまう――。

千鶴は恐怖で助けを呼ぶこともできぬまま、さらに一歩後ずさった――。


（続）

あとがき

こんにちは、矢島《やじま》さらです。

ビーズログ文庫では、はじめまして♪

『薄桜鬼《はくおうき》　壱《いち》』をお届けします。

ゲームの感動そのままに、アニメ版でさらに胸いっぱいな方も多いと思います。

私が初めてアニメを見た感想といえば「わー、土方《ひじかた》さん動いてる！　千鶴《ちづる》も平助《へいすけ》君も動いてる！」、でした。当然ですが……。

ゲームとアニメはちょっと違いがあったりするのですが、アニメノベライズであるこの小説も、アニメとはやっぱりちょっと違っていたりします。

アニメでは描かれなかった千鶴と新選組《しんせんぐみ》隊士たちのエピソードも、楽しんでいただければうれしいです。

ところで、ちょうどこの本を書き出すのと前後して、世田谷《せたがや》で毎年行われている幕末維新《ばくまついしん》祭りに行ったんですよ。

そこに刀の鍔屋《つばや》さんが来ているのを思い出して（ちなみに私、毎年行っております）、お店に入ってみました。そうしたら、いつもはいろんなデザインの鍔ばっかり見てるんですが、今年はなぜか真剣に目が止まってしまって。すごくふつうに、刃《やいば》を上にして刀掛に飾ってあるのです。ふた振りも。もちろん〝危ないから触らないで〟っていう注意書きは貼ってありますが、曇《くも》りのない刃に手が吸い寄せられるように触ってしまいそうになりました。

真剣って蠱惑《こわく》性があるというか、あれは魔物ですね〜。触ったら切れてましたよね。血に狂った人が来て、ガッと刀を摑《つか》んだらどうするんでしょう（笑）。


そのあと、別のお店で土方歳三《としぞう》トランプをゲットしました。一枚一枚に豊玉発句集《ほうぎょくほっくしゅう》の句が印刷されているステキなものです。お店の人に「土方ファンなんですか？　いいですよねトシさん」って言われて、「ええまあ、えへへへ♪」って。

豊玉発句集はゲームにも出てきますが、凛々《りり》しすぎる土方さんの句らしいのか、らしくないのか。かわいい印象の句もあったりします。

いくつかあげてみると……。

〈裏表なきは君子の扇かな〉

うんうん、これはとっても新選組らしいですね。

〈春雨《はるさめ》や客を返して客に行〉

なんだか好きです、この句。忙しそうなのに春雨が少しだけのんびりしていて。雨の匂いをさせて土方さんが帰ってきそうです。

〈しれハ迷ひしなけれハ迷はぬ恋の道〉

これ、気になります。なりますよね。土方さんが恋って……！

豊玉発句集、全部通して読むと土方さんの人となりがなんとなく浮かんできます。謎な句もあって、ミステリアス度も上がります。

でもこのトランプ、スペードのAが辞世《じせい》の句になっていてちょっと悲しいんですよね……。

そして幕末維新祭りのラストは会津藩《あいづはん》（？）が出店していたフライ屋さんへ。名物だというちっこいフライを食べつつ、大満足で帰って来たのでした。コスプレしてる人もたくさんいて楽しかったです。来年もまた行こう～。

そんなこんなで書き上げた『薄桜鬼 壱』。

目の前に現れた風間《かざま》たちに、千鶴はどうなっちゃうの……!?

薬を飲んだ山南《さんなん》さんは……!?

もちろん沖田《おきた》、藤堂《とうどう》、斎藤《さいとう》。永倉《ながくら》と原田《はらだ》。みんなみんな気になります。

ドキドキで『薄桜鬼　弐《に》』をお待ちくださいね。

最後に。美麗《びれい》すぎるイラストを描いてくださった冨士原良《ふじわらりよう》さん、担当のIさん。そしてこの小説の監修に関わってくださったすべての方にお礼を申し上げます。

二〇一一年一月

矢島さら

■ご意見、ご感想をお寄せください。
《ファンレターの宛先》
〒102-8431 東京都千代田区三番町6-1
ビーズログ文庫編集部
矢島さら 先生・冨士原良 先生
《アンケートはこちらから》
http://www.bslogbunko.com/

■本書の内容・不良交換についてのお問い合わせ。
エンターブレイン カスタマーサポート
電　話：0570-060-555（土日祝日を除く 12:00～17:00）
メール：support@ml.enterbrain.co.jp（書籍名をご明記ください）

B's-LOG BUNKO
ビーズログ文庫

や-2-01

薄《はく》桜《おう》鬼《き》
壱《いち》

矢島《やじま》さら
原作・監修：オトメイト/TV アニメ「薄桜鬼」製作委員会

2011年 1月28日 初刷発行
2014年10月24日 第10刷発行

発行人	青柳昌行
編集人	三谷 光
編集長	馬谷麻美
発行	株式会社 KADOKAWA 〒102-8177 東京都千代田区富士見 2-13-3 （ナビダイヤル）0570-060-555 （URL）http://www.kadokawa.co.jp/
企画・制作	エンターブレイン 〒102-8431 東京都千代田区三番町 6-1
編集	ビーズログ文庫編集部
デザイン	行成公江（SUMMIT）
印刷所	凸版印刷株式会社

ISBN978-4-04-727023-7 C0193

定価はカバーに表示してあります。

両親の海外転勤により、祖母を頼り季封村へ向かう珠紀。着くなり異形のものに襲われたが、謎の少年・拓磨に救われる。そして祖母に秘密を打ち明けられるが? 『鬼斬丸』『玉依姫』そして玉依姫を守る守護者たち——珠紀の周りで宿命の輪が静かに廻りはじめる!!

B's-LOG BUNKO

ビーズログ文庫
超待望の最新作!
恋と宿命の玉依姫奇譚シリーズ!
…
緋色の欠片《ヒイロノカケラ》
~あの空の下で~
玉依姫奇譚